新しいカギ

学校かくれんぼ

オリジナルストーリー
小学生のガチバトル！

新しいカギ（フジテレビ）・原案
小川 彗・著
みもり・絵

JN167171

集英社みらい文庫

んぼ協《きょう》会《かい》
小《しょう》学《がく》生《せい》支《し》部《ぶ》
雲間《くもま》 火暮《かくれ》
かくれんぼをこよなく愛《あい》する小学《しょうがく》6年生《ねんせい》。小学生支部《しょうがくせいしぶ》の頼《たよ》れる(?) 熱血《ねっけつ》リーダー!
雨宮《あめみや》 日葵《ひまり》
小学《しょうがく》4年生《ねんせい》にして冷静《れいせい》沈着《ちんちゃく》な小学生支部《しょうがくせいしぶ》のブレイン。たまに残酷《ざんこく》!
霜月《しもつき》 理久《りく》
素直《すなお》で純粋《じゅんすい》で、食《く》いしんぼうな小学《しょうがく》5年生《ねんせい》。常《つね》にハラペコ!
この本《ほん》のどこかにもかくれてるぞ!

新《しん》日《に》本《ほん》かくれ

風見《かざみ》 今日子《きょうこ》

3色《しょく》カラーの髪《かみ》の毛《け》を持《も》つ小学《しょうがく》6年生《ねんせい》。七変化《しちへんげ》はお手《て》のもの!

花霞《はながすみ》 礼央《れお》

ちまたで大人気《だいにんき》の小学《しょうがく》5年生《ねんせい》タレント。超《ちょう》ド級《きゅう》のナルシスト!

戸隠《とがくれ》 三雲《みくも》

無口《むくち》で凝《こ》り性《しょう》な小学《しょうがく》4年生《ねんせい》。天才画家《てんさいがか》。怒《おこ》らせるとだれより怖《こわ》い…!?

霧峰《きりみね》 作太郎《さくたろう》

工作《こうさく》が得意《とくい》な小学《しょうがく》6年《ねん》生《せい》。見《み》た目《め》は、いかにも強《つよ》そうだが…!?

☆もくじ！☆

○月△日 日直 雲間《くもま》！

新日本《しんにほん》かくれんぼ協会《きょうかい》
小《しょう》学《がく》生《せい》支《し》部《ぶ》ルール！

・制限時間《せいげんじかん》は前半《ぜんはん》10分《ぷん》＋後半《こうはん》10分《ぷん》（休憩《きゅうけい》5分《ふん》）

20分《ぷん》！

・ろうかは走《はし》らない

・モノはこわさない

・全員《ぜんいん》を見《み》つけたら挑戦者《ちょうせんしゃ》の勝《か》ち、ひとりでもかくれきれたら新日本《しんにほん》かくれんぼ協会《きょうかい》の勝《か》ち

・挑戦者《ちょうせんしゃ》が勝《か》った場合《ばあい》100万円獲得《まんえんかくとく》、学校《がっこう》に関《かん》するねがいごとをひとつだけかなえられる

世界征服《せかいせいふく》

かくれんぼ最強《さいきょう》!!

勝《か》つ！

ヤバ！

Leo

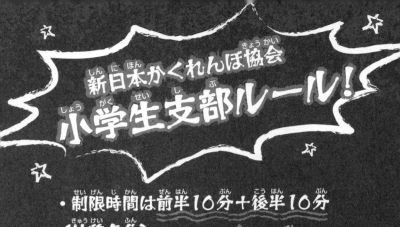

かくれんぼし

古来《こらい》「神《かみ》かくし」とは、
神《かみ》さまのかくれんぼに、子《こ》どもが招待《しょうたい》されることで
起《お》こっていたという説《せつ》がある。

神《かみ》さまを見《み》つけられたら、子《こ》どもの勝《か》ち。
神《かみ》さまが最後《さいご》までかくれきれたら、神《かみ》さまの勝《か》ち。

見《み》つかってしまった神《かみ》さまは悔《くや》しくて、
何回《なんかい》も勝負《しょうぶ》をいどむのだ。
だから、なかなか、子《こ》どもがおうちに帰《かえ》ってこない。

これ、すなわち。
神《かみ》をもとりこにする**かくれんぼ**には、
ものすごいパワーが秘《ひ》められている――
ということなのである。

零《れい》 新日本《しんにほん》かくれんぼ協会《きょうかい》小学生支部《しょうがくせいしぶ》、始動《しどう》！

ここはとある町《まち》にある、とある小学校《しょうがっこう》——の地下《ちか》にある、とあるヒミツの会議場《かいぎじょう》。

広《ひろ》い室内《しつない》の中央《ちゅうおう》には、まるい大《おお》きな机《つくえ》がおかれている。

かぎられたメンバーしかはいることのできないこの場所《ばしょ》に、今日《きょう》、7人《にん》の小学生《しょうがくせい》があつめられていた。

「……さて、諸君《しょくん》もすでに、メールを確認《かくにん》していると思《おも》うが」

最初《さいしょ》に口《くち》を開《ひら》いたのは、6年生《ねんせい》の**雲間火暮《くもまかくれ》**。

円卓《えんたく》に両《りょう》ひじをつき、組《く》んだ手《て》の上《うえ》にあごをのせながら、ゆっくりと視線《しせん》だけであたりを見《み》まわす。黒《くろ》いつめえりの学《がく》ランを肩《かた》にかけ、学生帽《がくせいぼう》をかぶった火暮《かくれ》の目《め》は、キラキラとかがやいている。

「隠密《おんみつ》さんによって、新日本《しんにほん》かくれんぼ協会《きょうかい》に所属《しょぞく》する小学生《しょうがくせい》のなかから、このたび俺《おれ》たち7名《めい》が、新日本《しんにほん》かくれんぼ協会小学生支部《きょうかいしょうがくせいしぶ》の立《た》ちあげメンバーに選《えら》ばれた……」

ふっふっふ、と不敵《ふてき》な笑《え》みをうかべる火暮《かくれ》に、みんなの視線《しせん》が集中《しゅうちゅう》した。

隠密《おんみつ》マサルは、かくれんぼをこよなく愛《あい》する『**新日本《しんにほん》かくれんぼ協会《きょうかい》**』の会長《かいちょう》だ。

そして新日本《しんにほん》かくれんぼ協会《きょうかい》とは、かくれんぼをこよなく愛《あい》し、かくれんぼの楽《たの》しさを日本中《にほんじゅう》に知《し》らせることを目的《もくてき》に、全国《ぜんこく》でかくれんぼをおこなっている。

火暮《かくれ》たちは全員《ぜんいん》、新日本《しんにほん》かくれんぼ協会《きょうかい》の協会員《きょうかいいん》だった。

「そして、この俺《おれ》、雲間火暮《くもまかくれ》が――」

学《がく》ランに学生帽《がくせいぼう》という火暮《かくれ》のかっこうは、尊敬《そんけい》する隠密《おんみつ》マサルの制服姿《せいふくすがた》をまねている。

その隠密《おんみつ》マサルから、数日前《すうじつまえ》、ここにいるメンバーにメールがとどいた。

小学生《しょうがくせい》の小学生《しょうがくせい》による小学生《しょうがくせい》のためのかくれんぼ……

それを実行《じっこう》する『**新日本《しんにほん》かくれんぼ協会小学生支部《きょうかいしょうがくせいしぶ》**』の発足《ほっそく》と、そのメンバーに選《えら》ばれたという報《しら》せが。

「初代《しょだい》、新日本《しんにほん》かくれんぼ協会小学生支部《きょうかいしょうがくせいしぶ》のリーダーを拝命《はいめい》することになった！」

ニカッと、白《しろ》い歯《は》を見《み》せて笑《わら》う火暮《かくれ》は、親指《おやゆび》を自分《じぶん》のほうへとつきたてた。

「俺《おれ》たちはこれから仲間《なかま》！　最高《さいこう》の仲間《なかま》だ！　よろしくたのむ！」

火暮《かくれ》たち、小学生支部《しょうがくせいしぶ》のメンバーにあたえられたミッションはひとつ。


全国《ぜんこく》の小学校《しょうがっこう》でかくれんぼをおこない、かくれんぼの楽《たの》しさを広《ひろ》める！


全国《ぜんこく》の小学校《しょうがっこう》から送《おく》られてくる挑戦状《ちょうせんじょう》を受《う》けて、ターゲットとなる小学校《しょうがっこう》を決《き》める。

そして、その小学校《しょうがっこう》の敷地全部《しきちぜんぶ》を使《つか》って、本気《ほんき》のかくれんぼをおこなうのだ。


制限時間《せいげんじかん》は20分間《ぷんかん》。

途中《とちゅう》、５分間《ふんかん》の休憩《きゅうけい》がある。

小学生支部《しょうがくせいしぶ》の全員《ぜんいん》がかくれきれたら挑戦者《ちょうせんしゃ》の勝《か》ち。

ひとりでも見《み》つからなかったら小学生支部《しょうがくせいしぶ》の勝《か》ち。

挑戦者《ちょうせんしゃ》が勝《か》ったら、100万円《まんえん》が手《て》に入《はい》り学校《がっこう》に関《かん》するおねがいごとを、ひとつだけ叶《かな》えてもらえる。

というルールのかくれんぼ。

「ということで、顔見知《かおみし》りばかりだと思《おも》うが、あらためてほかのみんなも自己紹介《じこしょうかい》といこうじゃないか！」

同《おな》じ協会《きょうかい》のメンバーとして、火暮《かくれ》たちは何度《なんど》か一緒《いっしょ》にかくれんぼをしてきている。

おたがい、切磋琢磨《せっさたくま》して、かくれんぼの技術《ぎじゅつ》をみがきあい、高《たか》めあってきた。

「……火暮《かくれ》くん、あいかわらず声《こえ》が大《おお》きいですね」

火暮《かくれ》の提案《ていあん》に、冷静《れいせい》な声《こえ》でそういったのは**雨宮日葵**《あめみやひまり》だった。

大《おお》きな眼鏡《めがね》をかけて、きりそろえられた前髪《まえがみ》の下《した》、するどい視線《しせん》で火暮《かくれ》を見《み》つめている。

小学《しょうがく》4年生《ねんせい》ながら、つねに冷静沈着《れいせいちんちゃく》な戦略担当《せんりゃくたんとう》。

日葵《ひまり》のたてる「見《み》つからないようにするための作戦《さくせん》」は、ときに過酷《かこく》すぎると文句《もんく》がでることもあるほど。

「どうせみんな知《し》りあいなんですから、さっさと進《すす》めませんか。ターゲットの学校《がっこう》、決《き》まってるんですよね？」

「ひどい、日葵《ひまり》！　せっかく俺《おれ》がリーダーっぽく進《すす》めたかったのに！」

「はいはい、火暮《かくれ》くんリーダーです。すごいすごーい。ほらどうぞ。早《はや》く進《すす》めてください」

「ぐぬぬぬ……っ」

そして上級生相手《じょうきゅうせいあいて》でもようしゃがない。

うなる火暮《かくれ》をよそに、しれっとみんなに用意《ようい》してきた資料《しりょう》を配《くば》りはじめている。

「あ、待《ま》て待《ま》て！　待《ま》って!?　おねがい！　ちょっとストップ！　俺《おれ》もいろいろ用意《ようい》してきたんだ！　――ゥオッホン！　ということで、いいか、みんな！」

日葵《ひまり》の手際《てぎわ》のよさに、あわてて火暮《かくれ》がしきりなおす。

「俺《おれ》たち、新日本《しんにほん》かくれんぼ協会小学生支部《きょうかいしょうがくせいしぶ》に、記念《きねん》すべき初《はつ》のターゲットとなる小学校《しょうがっこう》から、挑戦状《ちょうせんじょう》がとどいている！」

火暮《かくれ》はうしろにおかれたホワイトボードをぐるりとまわした。

そこには『ドドーン』という手書《てが》きの文字《もじ》が、でかでかと黒《くろ》マーカーで書《か》かれている。

その下《した》には「**陽川市立陽川小学校**《ひかわしりつひかわしょうがっこう》」という学校名《がっこうめい》が、赤《あか》マーカーと黒《くろ》マーカーで立体的《りったいてき》に書《か》かれていた。

これは全部《ぜんぶ》、火暮《かくれ》がウキウキと自分《じぶん》で書《か》きこんでいたものだ。

ドドーン
陽川市立
陽川小学校

日葵《ひまり》があきれたようにため息《いき》をこぼす。

「古来《こらい》、神《かみ》をもとりこにしてきたかくれんぼ！　かくれんぼには、ものすごいパワーが秘《ひ》められている！　だから俺《おれ》たちも――」

「はい。ということで、みなさん、各自《かくじ》お手《て》もとの資料《しりょう》をごらんください」

ぐっと拳《こぶし》をにぎって熱《あつ》く語《かた》ろうとする火暮《かくれ》を、日葵《ひまり》が冷静《れいせい》にさえぎった。

「ひどい、日葵《ひまり》！　まだ俺《おれ》がしゃべってたのに！」

「火暮《かくれ》くんがいいたいことは、まとめてお手《て》もとの資料《しりょう》に書《か》いてあります」

ぴしゃりといわれてしまっては、火暮《かくれ》にはとりつくしまもない。

「え、えと、えと、リーダー！　今回《こんかい》のかくれんぼはいつやるの？」

しょんぼりとしてしまった火暮《かくれ》を元気《げんき》づけるように、これでもかと腕《うで》をのばして手《て》をあげたのは、ぽっちゃりとした体形《たいけい》に愛嬌《あいきょう》のある顔立《かおだ》ちをした、5年生《ねんせい》の**霜月理久**《しもつきりく》だ。

運動《うんどう》は苦手《にがて》だけど、かくれんぼは走《はし》らないから大好《だいす》きです！　と、協会員《きょうかいいん》になった最初《さいしょ》のあいさつでいっていた。

食《た》べることも大好《だいす》きだという理久《りく》の手《て》には、ペロペロキャンディがにぎられている。

「リーダー……いい響《ひび》きだ！　ありがとう理久《りく》！」

元気《げんき》をとりもどした火暮《かくれ》が、グッと親指《おやゆび》をたてる。

「今回《こんかい》のかくれんぼは1週間後《しゅうかんご》だ！」

「オッケー、じゃあさっそく作戦会議《さくせんかいぎ》を進《すす》めないとだね！　あぁ～、最後《さいご》までかくれきりたいけど、この僕《ぼく》のかくしきれないオーラのせいで見《み》つかってしまうかもしれないよね……みんな、先《さき》にあやまっておくよ。ごめん――ネ！」

ピースを額《ひたい》にくっつけて、ウィンクするのは5年生《ねんせい》の**花霞礼央**《はながすみれお》。

小学生《しょうがくせい》タレントとして、ときにはモデルとして、最近《さいきん》ドラマや雑誌《ざっし》にひっぱりだこの礼《れ》央《お》は、頭《あたま》が小《ち》さく、手足《てあし》もすらりと長《なが》くてスタイルがいい。

ピースにウィンクのそのポーズは、礼央《れお》がよくするトレードマーク。

パッとまわりの目《め》をひくような雰囲気《ふんいき》があり、さすがは芸能人《げいのうじん》といった感《かん》じのキラキラしたオーラを身《み》にまとっている。

「かくれんぼってさ、見《み》つかったときのリアクションまでをまとめて楽《たの》しめるから、本当《ほんとう》に最高《さいこう》だよ――ネ！」

礼央《れお》はかくれんぼで自分《じぶん》を見《み》つけたみんなが、「大人気《だいにんき》タレントの礼央《れお》」だということに気《き》づいた瞬間《しゅんかん》に、おどろきとよろこびと、それから憧《あこが》れがいっぱいつまった表情《ひょうじょう》で注目《ちゅうもく》してくれるのが大好《だいす》きなのだ。

ただ少《すこ》しだけ、自分《じぶん》のことが好《す》きすぎる。

「はい、では礼央《れお》くんは、オーラがもれないかくれ場所優先《ばしょゆうせん》で考《かんが》えます」

「ははっ！　ブラックホールでもむずかしいよ――ネ！」

そして視線《しせん》もあわせず冷《つめ》たい声《こえ》でいいきった日葵《ひまり》にも、額《ひたい》にピースサインでウィンクを送《おく》れるほどメンタルが強《つよ》い。

「ニャハハ〜ッ！　キョーコたちもぜったい見《み》つからないようなかくれ場所作《ばしょつく》るね〜！　ん〜、腕《うで》がなるなる〜！」

ニカッと八重歯《やえば》を見《み》せて明《あか》るく笑《わら》ったのは、青《あお》、ピンク、金色《きんいろ》に髪《かみ》の毛《け》を三等分《とうぶん》に染《そ》めている派手派手《はではで》な女子《じょし》、6年生《ねんせい》の**風見今日子**《かざみきょうこ》。

細身《ほそみ》だが、こう見《み》えて実《じつ》はとても力《ちから》が強《つよ》く、重《おも》たいものをなんなく移動《いどう》させてくれる。かくれ場所《ばしょ》を作《つく》るとき、とてもたよりになるパワー要員《よういん》だ。

「だな。俺《おれ》たちに作《つく》れねぇものはねぇ……！」

同《おな》じく6年生《ねんせい》でガタイの大《おお》きな**霧峰作太郎**《きりみねさくたろう》が、指《ゆび》をポキポキと動《うご》かしながらいう。

一見《いっけん》すると強面《こわもて》で、その体格《たいかく》のよさから豪快《ごうかい》な作業《さぎょう》をしそうに思《おも》える作太郎《さくたろう》は、見《み》た目《め》に反《はん》して手先《てさき》が器用《きよう》で、工作《こうさく》が得意《とくい》。いろいろな仕掛《しか》けや道具《どうぐ》を作《つく》っては、ぴったりのかくれ場所《ばしょ》を自作《じさく》する。

「そうだよなぁ、三雲《みくも》！」

「……僕《ぼく》に、描《か》けないものは、ないし」

作太郎《さくたろう》に腕《うで》を肩《かた》にまわされ、ぼそりとつぶやいたマッシュルームヘアーの小柄《こがら》な男子《だんし》は、4年生《ねんせい》の**戸隠三雲**《とがくれみくも》だ。どこからともなく絵筆《えふで》をとりだしジッと見《み》つめる。

三雲《みくも》は、絵《え》の世界《せかい》ではちょっと有名《ゆうめい》な天才小学生《てんさいしょうがくせい》なのだ。

「めちゃくちゃたよりにしているぞ、みんな！　ということで――」

火暮《かくれ》が大《おお》げさな動《うご》きで、右手《みぎて》をホワイトボードにババンッとたたきつけた。

「これが、ターゲットの小学校《しょうがっこう》の見取《みと》り図《ず》だ！」

動《うご》きにつられて、ついついみんなもうしろをむく。

白《しろ》い壁《かべ》にプロジェクターで学校《がっこう》の地図《ちず》が映《うつ》しだされていた。

同《おな》じものが、日葵《ひまり》の配《くば》った手《て》もとの資料《しりょう》にも描《か》かれている。

「2階建《かいだ》て校舎《こうしゃ》と3階建《かいだ》て校舎《こうしゃ》がつながってる感《かん》じなんですよね。それに渡《わた》りろうかでつながった体育館《たいいくかん》と、敷地内《しきちない》にはグラウンドと校庭《こうてい》とプール……ふむふむ」

ただひとり、壁《かべ》ではなく資料《しりょう》に目《め》を落《お》とし、眼鏡《めがね》のフチをもちあげて分析《ぶんせき》している日葵《ひまり》が、つぎの資料《しりょう》をめくる。

と、イスからぴょんと立《た》ちあがった今日子《きょうこ》がハイハイッ、と大《おお》きく手《て》をふった。

「ねねね、火暮《かくれ》ッち！　キョーコ、図書室《としょしつ》の内部情報《ないぶじょうほう》もほしい感《かん》じなんだけど〜！」

「まかせろ！　これだ！」

「サンキュ〜！」

今日子《きょうこ》のリクエストに応《おう》じて、火暮《かくれ》が画像《がぞう》をスライドさせる。

映《うつ》しだされたのは、図書室《としょしつ》の立体的《りったいてき》な構造写真《こうぞうしゃしん》。

「……この学校《がっこう》で絵《え》を飾《かざ》ってる場所《ばしょ》、……ある？」

三雲《みくも》がボソボソと質問《しつもん》する。

「そちらもジャジャンっと、調査《ちょうさ》ずみさ！」

すばやく反応《はんのう》した火暮《かくれ》が、ポインターで丸《まる》をつけたのは3ヶ所《かしょ》だった。

絵画《かいが》が飾《かざ》られているのは、美術室《びじゅつしつ》と音楽室《おんがくしつ》、それに校長室《こうちょうしつ》。

「ボク、今回《こんかい》どこにかくれようかなぁ」

もぐもぐとふたつめの肉《にく》まんをほおばりながらいう理久《りく》は楽《たの》しそうだ。

作太郎《さくたろう》は、だまって資料《しりょう》に目《め》を落《お》とす三雲《みくも》の肩《かた》に手《て》をまわしながら、

「三雲《みくも》はしずかなところがいいんだろ？　俺《おれ》は、そうだな〜、どこにすっかな〜」

「僕《ぼく》はやっぱり、登場《とうじょう》するときハデな演出《えんしゅつ》ができるところが希望《きぼう》か――ナ！」

「キョーコはね、キョーコはね〜！」

資料《しりょう》や映像《えいぞう》を見《み》ながら、それぞれが自分《じぶん》のかくれたい場所《ばしょ》についての話《はなし》に花《はな》を咲《さ》かせる。

かくれんぼは、かくれる前《まえ》からだんぜん楽《たの》しい。

「ということで、みなさんのかくれ場所《ばしょ》は私《わたし》が事前《じぜん》に考《かんが》えてきました」

と思《おも》っていたら、日葵《ひまり》がバッサリ話《はなし》をきった。

「えええぇぇ!?」

今日子《きょうこ》たちがおどろいた顔《かお》で日葵《ひまり》を見《み》る。

「なんで!?　日葵《ひまり》ッち、決《き》めちゃったの!?」

「ボク体育館《たいいくかん》がいいなぁって思《おも》ってぇえ！」

「僕《ぼく》のオーラ問題《もんだい》はどういうことになっているのか――ナ!?」

「1週間《しゅうかん》しかないんですから、場所《ばしょ》はさっさと決《き》めたほうがいいかと思《おも》いまして」

みんなの不満《ふまん》もなんのその、日葵《ひまり》はさっさと資料《しりょう》をめくって説明《せつめい》をはじめてしまった。

「まず、火暮《かくれ》くんはリーダーなので、私《わたし》たちにインカムで状況《じょうきょう》を説明《せつめい》してくれる係《かかり》です。あと、スタートや時間経過《じかんけいか》などの学校《がっこう》アナウンスをおねがいします」

「えっ!?　リーダーなのに、俺《おれ》はかくれんぼできないのか!?」

まっ先《さき》に、まさかの役《やく》をふられた火暮《かくれ》が異論《いろん》を唱《とな》える。

そんな火暮《かくれ》の目《め》をまっすぐに見《み》つめて、日葵《ひまり》はやさしく肩《かた》に手《て》をおいた。

「**リーダーだから**、ですよ。こんな責任《せきにん》のあるお仕事《しごと》、火暮《かくれ》くんにしかできません」

「そ、そうか……?」

「はい。火暮《かくれ》くんじゃないと」

「そうか……そうか！　うん、じゃあしかたないな！　俺《おれ》は、リーダーだからな！」

「……うわ、やっぱ〜……、火暮《かくれ》ッち、超《ちょう》チョロすぎなんだけど〜……」

簡単《かんたん》にまるめこまれてしまった火暮《かくれ》に、思《おも》わず小声《こごえ》でツッコんだのは今日子《きょうこ》だ。

だがすぐに気《き》を取《と》りなおすと、資料《しりょう》のうしろに書《か》かれているかくれ場所候補《ばしょこうほ》を、バシバシと指《ゆび》でたたきながら、日葵《ひまり》につめよる。

「ていうか、日葵《ひまり》ッち！　なんでキョーコこれ⁉」

「だって今日子《きょうこ》さん、じっとしていられないじゃないですか」

「そうかもだけど〜……え？　でもこれ超《ちょう》ヤバくない〜？　すぐ見《み》つかりそ〜……」

日葵《ひまり》がすすめる今日子《きょうこ》のかくれ場所《ばしょ》は、かくれている——といえるかどうかわからない場所《ばしょ》だった。こんなかくれかた、見《み》たことも聞《き》いたこともない。

むぅっと口《くち》をとがらせて文句《もんく》をいう今日子《きょうこ》に、日葵《ひまり》は親指《おやゆび》を立《た》ててみせる。

「だいじょうぶです。今日子《きょうこ》さんほどの演技力《えんぎりょく》をもってすれば、どこにだって、だれからだってかくれられます。完璧《かんぺき》です。よっ！　演技派女優《えんぎはじょゆう》！　カメレオン！　二枚舌《にまいじた》！」

「え〜？　そこまでいわれたら〜、キョーコ、なんかガンバレそ〜、みたいな〜！」

「……最後《さいご》のは、ほめ言葉《ことば》じゃないんじゃないか、ナ……？」

まんざらでもない顔《かお》で胸《むね》をはった今日子《きょうこ》に、礼央《れお》がツッコむ。

だが、今日子《きょうこ》の耳《みみ》にはとどかなかったようだ。

日葵《ひまり》は眼鏡《めがね》のフチをくいっともちあげて、真剣《しんけん》な表情《ひょうじょう》で礼央《れお》にむかって小《ちい》さく首《くび》を横《よこ》にふった。それ以上《いじょう》いうな、という指示《しじ》らしい。

「も〜！　日葵《ひまり》ッちってばキョーコのことわかってる〜！」

ニコニコとうれしそうにそういう今日子《きょうこ》は、もう完全《かんぜん》にやる気《き》になっている。

「さすが日葵《ひまり》ちゃん……」

肉《にく》まんをぎゅっとにぎりしめながら、理久《りく》がごくりと喉《のど》を鳴《な》らす。

うんうんとうなずいていた礼央《れお》は、ハッとして身《み》を乗《の》りだした。

「おっとぉ！　そうだ、日葵《ひまり》ちゃん！　それで、僕《ぼく》のこれはどういうことか——ナ……？」

前髪《まえがみ》をさっとかきあげながら、こまったように日葵《ひまり》を見《み》る。

礼央《れお》だけは場《ば》所《しょ》にあわせた衣装《いしょう》まで作製《さくせい》される予定《よてい》になっている。

「オーラ問題解消《もんだいかいしょう》には一番《いちばん》の場所《ばしょ》かなと思《おも》いまして」

「ふむぅ……？」

日葵《ひまり》の言葉《ことば》に、礼央《れお》はしみじみと考《かんが》えて、それからパッと華《はな》やいだ表情《ひょうじょう》になった。

「これはつまり、水《みず》もしたたるイイ男《おとこ》ってことかな!?　なるほど！　日葵《ひまり》ちゃん、わかってる——ネ！」

「はい、よかったです。つぎは——」

日葵《ひまり》の冷《つめ》たい表情《ひょうじょう》なんてなんのその、よろこぶ礼央《れお》もすっかりやる気《き》だ。

よろこびながらつぎのページをめくって、理久《りく》にニコッと笑顔《えがお》をむける。

「あ、理久《りく》くんは希望《きぼう》どおりの体育館《たいいくかん》だ——ネ！」

「えっ！　ボク、体育館《たいいくかん》なの!?　やったー！　……って、ん？　くりぬき？　すっぽり？

これ、って……え？　どういう……？」

一瞬表情《いっしゅんひょうじょう》をかがやかせた理久《りく》が、資料《しりょう》を読《よ》んで不安《ふあん》そうな顔《かお》になっていく。

日葵《ひまり》は、だいじょうぶです、といって説明《せつめい》をはじめた。

「理久《りく》くんの体《からだ》がピッタリはいれるようにスポンジをくりぬいて、そのあいだにはいってかくれてください。スポンジのくりぬき作業《さぎょう》は、作太郎《さくたろう》くんにおまかせして——」

「はいはーい！　キョーコやりたい！　理久《りく》ッちぴったりにくりぬくくりぬく〜！」

今日子《きょうこ》がぴょんぴょんと飛《と》びはねながら手《て》をあげる。

日葵《ひまり》は少《すこ》し考《かんが》えるようにあごに手《て》をおき、「まあ、いいでしょう」とうなずいた。

「理久《りく》くんが倒《たお》れなければ、だいじょうぶですし」

「待《ま》って!?　た、た、倒《たお》されたらどうするのぉぉ!?」

「そのときは――」

「そのときは!?」

「そのときです」

「ちょっとぉぉぉ!?」

理久《りく》の絶叫《ぜっきょう》を完全《かんぜん》に無視《むし》して、日葵《ひまり》は三雲《みくも》にむきなおる。

「三雲《みくも》くんはできるだけしずかな場所《ばしょ》がいいかと思《おも》いまして、こちらに」

「……これも、一部《いちぶ》をくりぬくの？」

資料《しりょう》をじっと見《み》つめた三雲《みくも》が、ぼそりといった。

かくれ場所《ばしょ》を作《つく》るために、一部《いちぶ》をニセモノと入《い》れ替《か》えるのは、よくやる手段《しゅだん》だ。

そのつもりだった日葵《ひまり》だが、同《おな》じく資料《しりょう》を見《み》ていた火暮《かくれ》が「いや」といった。

「これなら、カウンターをまるまるニセモノに入《い》れ替《か》えたほうがおもしろくないか？」

「全部《ぜんぶ》を、ですか……？」

「ああ。つなぎ目《め》もなくなるし、そのほうが見《み》つかりにくいと思《おも》う。作太郎《さくたろう》が作《つく》って、三《み》雲《くも》が着色《ちゃくしょく》して、今日子《きょうこ》が運《はこ》んでくれればだが」

だいぶ大《おお》がかりな作戦《さくせん》だ。

だけど火暮《かくれ》のいうとおり、そのほうが見《み》つかりにくいと思《おも》う。

それになによりおもしろそうだ。

日葵《ひまり》は作太郎《さくたろう》・今日子《きょうこ》・三雲《みくも》の顔《かお》を順番《じゅんばん》に見《み》た。そして、

「もしかして――……さすがにみなさんじゃ、こんなすごいことできないですよねー？」

「あ!?　できるに決《き》まってんだろ！　これくらい朝飯前《あさめしまえ》だぜ！」

「キョーコだって運《はこ》べるし～！」

「……着色《ちゃくしょく》、腕《うで》がなる」

三者三様《さんしゃさんよう》にあおりにのってくれてなによりだ。

なんだかんだで負《ま》けずぎらいな3人《にん》は、「ぜったいにうまくかくれられる場《ば》所《しょ》を作《つく》ってやる」と意《い》気《き》ごんでくれている。

「それで、日《ひ》葵《まり》のこの音《おん》楽《がく》室《しつ》っていうのは、どこのことなんだ？」

ねらいどおりとほくそ笑《え》む日《ひ》葵《まり》に、火《か》暮《くれ》は壁《かべ》に音《おん》楽《がく》室《しつ》の画《が》像《ぞう》を映《うつ》しながら聞《き》いてきた。

音《おん》楽《がく》室《しつ》にあるのはピアノとキャビネットくらいのものだ。

どちらもすぐに見《み》つかりそうで、一《いっ》見《けん》するとかくれんぼにはむいていない。

「ああ、それはですね――」

かくれかたを説《せつ》明《めい》すると、今《きょ》日《う》子《こ》が「うわ〜」とつぶやいた。

「やっぱー……よくそんなこと思《おも》いつくよね、日《ひ》葵《まり》ッち……」

「また俺《おれ》らが作《さ》業《ぎょう》しなきゃいけないやつじゃねーか！　人《ひと》づかいあらすぎだろ！」

「……僕《ぼく》はいいけど」

ほめ言《こと》葉《ば》だと受《う》けとめて、日《ひ》葵《まり》は最《さい》後《ご》のページをめくった。

「ラスト、作《さく》太《た》郎《ろう》くんはこちらなんですけど――」

淡《たん》々《たん》と日《ひ》葵《まり》がしめした場《ば》所《しょ》を、作《さく》太《た》郎《ろう》が二《に》度《ど》見《み》する。

「……は？」

「ぜったい目《め》をあけたり動《うご》いたりしないでいただければ」

「……は??」

「灯台下暗《とうだいもとくら》し作戦《さくせん》です。作太郎《さくたろう》くんならいけます！」

「はあぁぁ!?」

あまりに想定外《そうていがい》のかくれ場所《ばしょ》に、作太郎《さくたろう》が絶叫《ぜっきょう》する。

「ニャハハ～ッ！　キョーコよりぜんぜんすぐバレそ～！　日葵《ひまり》ッち、鬼《おに》～！」

「おい、日葵《ひまり》！　これはムリだろ！　考《かんが》えなおせって！　いや、ムリだって！」

必死《ひっし》にいいつのる作太郎《さくたろう》を無視《むし》して、日葵《ひまり》はポンッと両手《りょうて》をうった。

「それでは。これで全員《ぜんいん》のかくれ場所《ばしょ》がきまりましたね、火暮《かくれ》くん」

「おっ!?　おっ、ああ！」

ちょっと強引《ごういん》な気《き》がしないでもないが、たしかに日葵《ひまり》が考《かんが》えたかくれ場所《ばしょ》はどこもおもしろそうではある。

ほかのメンバーも――作太郎以外《さくたろういがい》――そこはみとめているようだ。

「なんで、なんで、俺《おれ》だけこんな場所《ばしょ》なんだ……なんで……」

ブツブツつぶやいている作太郎《さくたろう》のそばで、すばやく絵筆《えふで》をとりだした三雲《みくも》は早々《そうそう》にやる気《き》になっている。

かくれんぼはとても楽《たの》しい真剣勝負《しんけんしょうぶ》。

かくれるのも、さがすのも、全員《ぜんいん》が本気《ほんき》でやるからこそおもしろい。

どこにどうやってかくれるのか、かくれているのか、たがいの知恵《ちえ》と知恵《ちえ》の戦《たたか》いでもある。

このかくれ場所《ばしょ》を想像《そうぞう》すると気《き》もちがどんどん楽《たの》しくなってきてしまう。

「よし！　みんな！」

火暮《かくれ》はわくわくをかくしきれない表情《ひょうじょう》で全員《ぜんいん》の顔《かお》を見《み》まわした。

「我《われ》ら、新日本《しんにほん》かくれんぼ協会小学生支部《きょうかいしょうがくせいしぶ》は！　圧倒的《あっとうてき》に楽《たの》しいかくれんぼをして、全国《ぜんこく》の小学生《しょうがくせい》をかくれんぼのとりこにするぞ！」

キラキラとした目《め》で、たかだかと拳《こぶし》をふりあげる。

そんな火暮《かくれ》をちらりと見《み》た日葵《ひまり》は、小《ちい》さな小《ちい》さなため息《いき》をついた。

「とりこ……ね」

だれにも聞《き》こえないくらいの声《こえ》でつぶやいて、少《すこ》しだけ目《め》をふせる。

（……かくれんぼのこと、本当《ほんとう》になにもわかってないですね、火暮《かくれ》くん）

やれやれと首《くび》をふった日葵《ひまり》に気《き》づいた火暮《かくれ》が、ひょいと顔《かお》をのぞきこんできた。

「うん？　どうした日葵《ひまり》！　怖気《おじけ》づいたか!?　だいじょうぶだ、俺《おれ》たちはぜったいに楽《たの》しいかくれんぼができるからな！」

火暮《かくれ》がそういってニカッと明《あか》るい笑顔《えがお》を日葵《ひまり》にむけた。

それからもう一度《いちど》みんなにむきなおる。

「全員《ぜんいん》で！　楽《たの》しいかくれんぼに、するぞー！」

1週間後《しゅうかんご》、ついに小学生《しょうがくせい》支部《しぶ》主導《しゅどう》の学校《がっこう》かくれんぼが、はじまる！

陽《ひ》川《かわ》市《し》立《りつ》陽《ひ》川《かわ》小《しょう》学《がっ》校《こう》の見《み》取《と》り図《ず》!

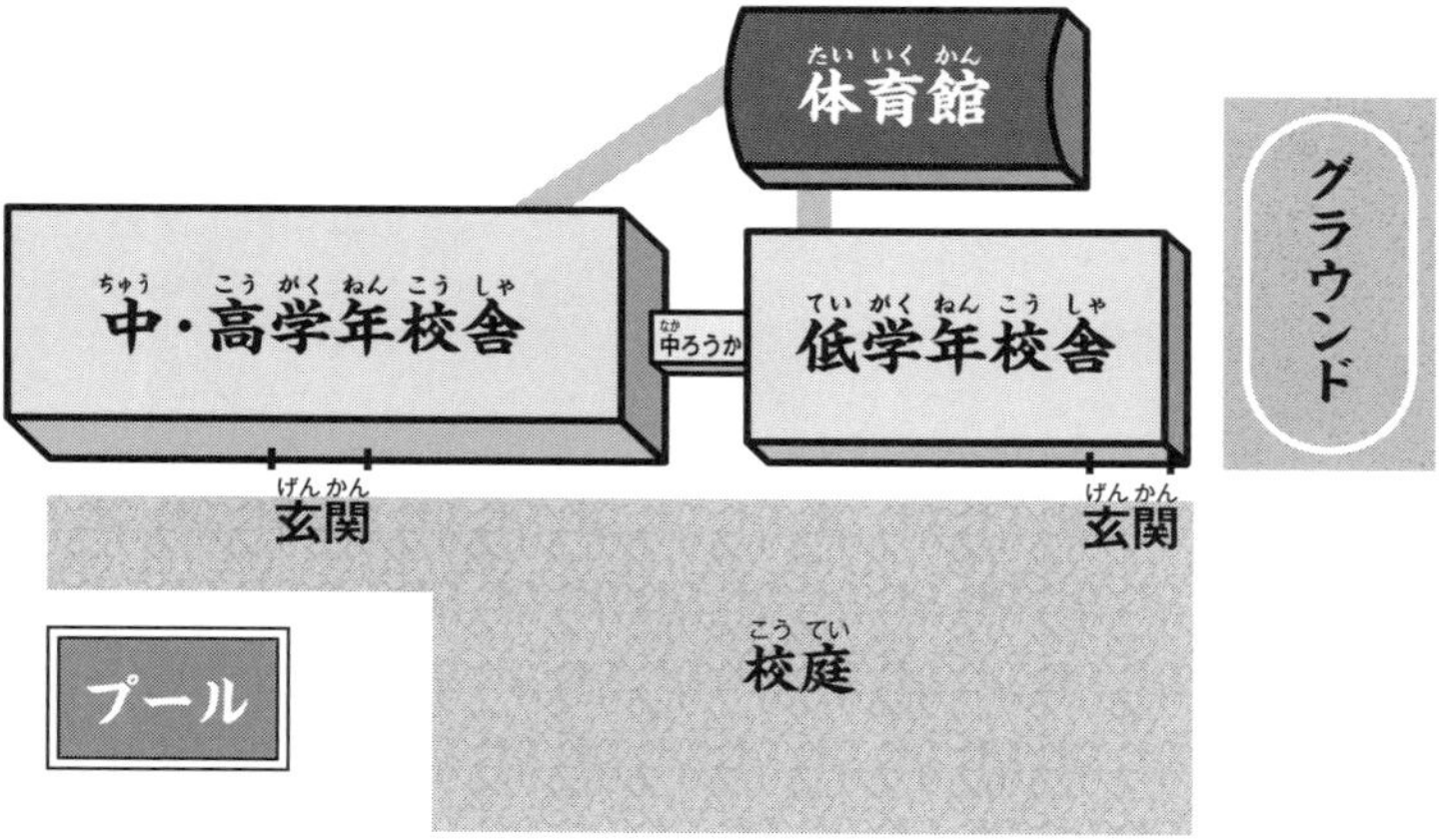

俺《おれ》が、リーダーだ!!
さあ、諸君《しょくん》。全員《ぜんいん》見《み》つけられるかな!?

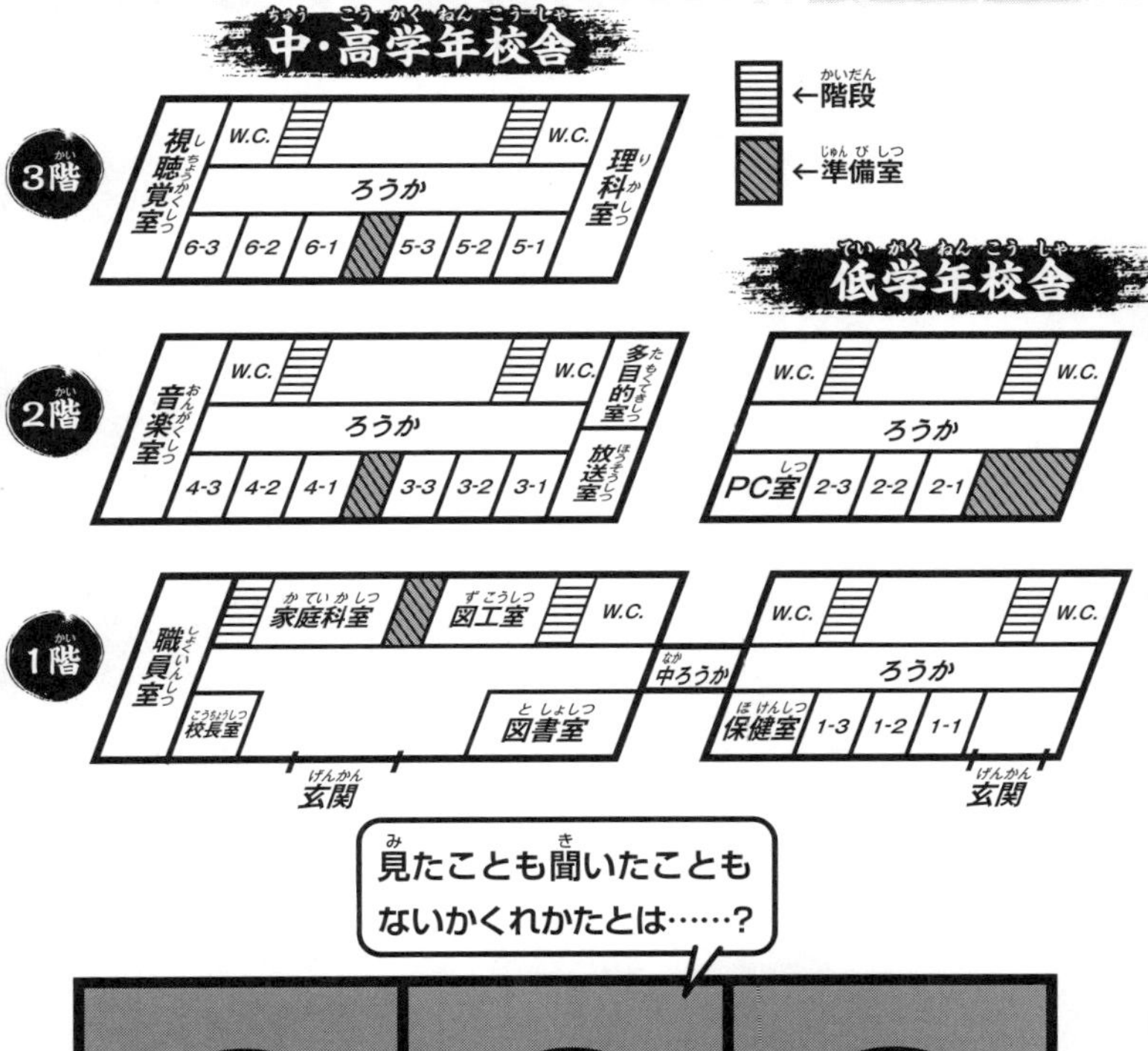
中《ちゅう》・高学年校舎《こうがくねんこうしゃ》
←階段《かいだん》
←準備室《じゅんびしつ》
3階《かい》
視聴覚室《しちょうかくしつ》
W.C.
W.C.
ろうか
理科室《りかしつ》
6-3
6-2
6-1
5-3
5-2
5-1
低学年校舎《ていがくねんこうしゃ》
2階《かい》
音楽室《おんがくしつ》
W.C.
W.C.
ろうか
多目的室《たもくてきしつ》
放送室《ほうそうしつ》
4-3
4-2
4-1
3-3
3-2
3-1
W.C.
W.C.
ろうか
PC室《しつ》
2-3
2-2
2-1
1階《かい》
職員室《しょくいんしつ》
家庭科室《かていかしつ》
図工室《ずこうしつ》
W.C.
校長室《こうちょうしつ》
図書室《としょしつ》
玄関《げんかん》
中《なか》ろうか
W.C.
W.C.
ろうか
保健室《ほけんしつ》
1-3
1-2
1-1
玄関《げんかん》

見《み》たことも聞《き》いたことも
ないかくれかたとは……?
花霞《はながすみ》 礼央《れお》
風見《かざみ》 今日子《きょうこ》
戸隠《とがくれ》 三雲《みくも》
水《みず》もしたたるイイ男《おとこ》、に
なれる場所《ばしょ》といえば…?
しずかな場所《ばしょ》、かぁ。
あそこかな…?

一《いち》

学校《がっこう》かくれんぼ、スタート！

授業《じゅぎょう》がおわって、あとはみんな帰《かえ》るだけ。

そのはずだったのに、陽川市立陽川小学校《ひかわしりつひかわしょうがっこう》の全校児童《ぜんこうじどう》は、なぜかいきなり体育館《たいいくかん》にあつめられていた。

「も〜、いきなりなんなんだよ……」

陽川市立陽川小学校《ひかわしりつひかわしょうがっこう》5年《ねん》1組《くみ》の**石田蒼汰**《いしだそうた》は、むくれたように唇《くちびる》をとがらせる。

教科書《きょうかしょ》もペンケースもランドセルのなかにしまったし、机《つくえ》の上《うえ》にはなにもない。

掃除当番《そうじとうばん》でもない蒼汰《そうた》は、帰《かえ》りの会《かい》が終《お》われば、あとはまっすぐ家《いえ》に帰《かえ》るだけだった。

なのに、いきなり全校集会《ぜんこうしゅうかい》があります、という放送《ほうそう》がかかったのだ。

「ねえ、これなんの集会《しゅうかい》？」

「えー？　知《し》らなーい。だれも聞《き》いてないの？」

みんなもざわざわしはじめている。

蒼汰《そうた》はちらりととなりに立《た》っている幼《おさな》なじみの**結城唯花**《ゆうきゆいか》を見《み》た。

まっすぐ前《まえ》だけ見《み》ている唯花《ゆいか》は、ちっとも蒼汰《そうた》を見《み》ようとしない。

今日《きょう》はわざわざ前《まえ》に唯花《ゆいか》がかわいいといっていたヘンな顔《かお》の犬《いぬ》の絵《え》がついたシャツを着《き》てきたのに、ひとこともなかった。

先週《せんしゅう》からずっとこんな感《かん》じで、蒼汰《そうた》は唯花《ゆいか》に無視《むし》されている。

なんだかおもしろくなくて、蒼汰《そうた》は唯花《ゆいか》のポニーテールの先《さき》を軽《かる》く引《ひ》っぱってみた。

「なあ、これいつはじまるんだ？」

「…………」

「なあ、唯花《ゆいか》」

「知《し》らない」

ふりむきもしないまま、唯花《ゆいか》はみじかくそれだけいって、蒼汰《そうた》の手《て》を軽《かる》くはらった。

ものすごく感《かん》じが悪《わる》い態度《たいど》だ。

一瞬《いっしゅん》ムッとしてしまったが、その原因《げんいん》を作《つく》った蒼汰《そうた》としては、なにもいえない。

「あ〜あ、はやくはじめてくれないかな〜」

わざとらしくそういって、気《き》にしていないふりをするので精一杯《せいいっぱい》だ。

唯花《ゆいか》が蒼汰《そうた》と口《くち》をきいてくれなくなった理由《りゆう》。

それは、蒼汰《そうた》が先週《せんしゅう》、唯花《ゆいか》の誕生日《たんじょうび》パーティーをすっぽかしたせいだ。

どうしてそんなことをしたのか——理由《りゆう》は簡単《かんたん》。

クラスメイトに「女子《じょし》の誕生日《たんじょうび》パーティーにいくとか、おまえ、結城《ゆうき》のこと好《す》きなんじゃないの〜！」とみんなの前《まえ》でからかわれたからだ。

そうだよ、幼《おさな》なじみだもん。それがなにか悪《わる》いのか？ といえていたら、きっと唯花《ゆいか》はこんな態度《たいど》をとることはなかった。

だけどバスケ部《ぶ》の仲間《なかま》にまでニヤニヤとこづかれて、蒼汰《そうた》はつい恥《は》ずかしくなった。

「バッカじゃねーの!? そんなわけないじゃん、あんな勉強《べんきょう》オタク！ たのまれたってごめんだね！」

思《おも》わずいいかえしてしまい、いいすぎたと思《おも》ったときにはおそかった。

教室《きょうしつ》にいないとばかり思《おも》っていた唯花《ゆいか》がすぐうしろにいた。

それからなんだか気《き》まずくなってしまっているのだ。

（わるかったとは思《おも》ってるんだ。でも、なんかこう、からかわれるのイヤじゃん！）

ツン、と前《まえ》をむいたままの唯花《ゆいか》を横目《よこめ》で見《み》ながら、蒼汰《そうた》は必死《ひっし》にいいわけをする。

（あやまるって、むずかしいんだよなー……なんか恥《は》ずかしいし。キッカケがさー……）

勉強《べんきょう》が得意《とくい》な唯花《ゆいか》とスポーツが得意《とくい》な蒼汰《そうた》は、正反対《せいはんたい》な性格《せいかく》だ。

だけど唯花《ゆいか》とは幼《おさな》なじみで、気《き》があって、本当《ほんとう》にいいヤツだってわかっているのに、こんなことで会話《かいわ》もできなくなってしまうなんて思《おも》ってもいなかった。

（あ〜あ……昔《むかし》はケンカしてもつぎの日《ひ》には一緒《いっしょ》にかくれんぼとか、普通《ふつう》にできてたのにな〜）

そうだ。そうだよ。

小《ちい》さいころは唯花《ゆいか》と蒼汰《そうた》が一緒《いっしょ》に遊《あそ》んでいたって、だれもなにもいわなかったのに、いまごろになっていちいちつっかかってきたあいつらのせいじゃないか。

自分《じぶん》をからかってきたクラスメイトのせいにしようとした、そのときだった。

ジャジャン、ジャーン！

体育館《たいいくかん》のスピーカーから、軽快《けいかい》な音楽《おんがく》が大音量《だいおんりょう》で鳴《な》りだした。

「な、なになに!?」

「え？　なにこれ？　避難訓練《ひなんくんれん》とか？」

「こんな音楽鳴《おんがくな》らないよ！」

まわりがざわざわとしはじめて、蒼汰《そうた》も思《おも》わず顔《かお》をあげた。

となりで唯花《ゆいか》もびっくりしたような顔《かお》をしている。

と、不意《ふい》に、体育館《たいいくかん》の舞台《ぶたい》そでから、７人《にん》の小学生《しょうがくせい》が姿《すがた》をあらわした。

真《ま》ん中《なか》にいる少年《しょうねん》は、なぜか右手《みぎて》にスピーカーをもっていて、学《がく》ランを肩《かた》に羽織《はお》って、学生帽《がくせいぼう》をかぶっている。

その右《みぎ》どなりにいるのは、小柄《こがら》でマッシュルームヘアーの不愛想《ぶあいそう》な男子《だんし》。

そのとなりは、反対《はんたい》にニコニコと笑顔《えがお》であんぱんをほおばっている、ちょっとぽっちゃりした男子《だんし》。

一番右側《いちばんみぎがわ》の少年《しょうねん》は、すらりと背《せ》が高《たか》いのだけはわかったが、何故《なぜ》かキラキラと光《ひか》るスパンコールのついたシャツを着《き》ている。大《おお》きなサングラスをしているから顔《かお》はわからない。

学生帽《がくせいぼう》の少年《しょうねん》の左《ひだり》どなりに立《た》つのは、こちらも背《せ》が低《ひく》く、眼鏡《めがね》におかっぱでニコリともしていない女子《じょし》。

そのとなりが、青《あお》、ピンク、金色《きんいろ》に髪《かみ》の毛《け》を三等分《とうぶん》に染《そ》めているものすごく派手《はで》な女子《じょし》で、壇上《だんじょう》から「イエ〜イ！」といいながら、蒼汰《そうた》たちに手《て》をふっている。

一番左側《いちばんひだりがわ》の少年《しょうねん》はがっしりとした体《からだ》つきに、ツンツンとがった髪形《かみがた》をした、いかにも強《つよ》そうな男子《だんし》だった。

学生帽《がくせいぼう》の少年《しょうねん》が、スピーカーを口《くち》にあてる。

『陽川市立陽川小学校《ひかわしりつひかわしょうがっこう》のみなさん、ごきげんよう！　学校《がっこう》かくれんぼの時間《じかん》だ！』

高《たか》らかにされた宣言《せんげん》に、全員《ぜんいん》がぽかんと口《くち》をあけてしまった。

「学校《がっこう》かくれんぼ？」

「なにそれ？」

「学校《がっこう》で、かくれんぼするの？」

みんなのとまどいをうかがいながら、蒼汰《そうた》は胸《むね》がドキドキしてきた。

(まさか……まさか……!?)

スピーカーから声《こえ》がつづく。

『俺《おれ》は、新日本《しんにほん》かくれんぼ協会小学生支部《きょうかいしょうがくせいしぶ》のリーダー、雲間火暮《くもまかくれ》だ。これからメンバー6人《にん》が、この学校《がっこう》のどこかにかくれる！　かくれんぼの制限時間《せいげんじかん》は前半《ぜんはん》10分《ぷん》、あいだに5分《ふん》間《かん》の休憩《きゅうけい》をおいて、後半《こうはん》10分《ぷん》の計《けい》20分《ぷん》だ。かくれんぼの範囲《はんい》は小学校《しょうがっこう》の敷地内全部《しきちないぜんぶ》！　6人全員《にんぜんいん》をみごと見《み》つけることができれば、100万円《まんえん》！　そして、我《われ》らに挑戦状《ちょうせんじょう》を送《おく》りつけてきた者《もの》のねがいをかなえると約束《やくそく》しよう！』

やっぱりだ、と蒼汰《そうた》は思《おも》った。思《おも》わずごくりとツバを飲《の》みこむ。

そのねがいをたぶん蒼汰《そうた》は知《し》っている。

『そのねがいごととは――』

『この学校《がっこう》のろうかを動《うご》く歩道《ほどう》にしてほしい』

(この学校《がっこう》のろうかを動《うご》く歩道《ほどう》にしてほしい)

火暮《かくれ》の言葉《ことば》と、蒼汰《そうた》の心《こころ》の声《こえ》がシンクロした。

（うわっ！　すごい！　本当《ほんとう》に俺《おれ》がだしたやつだ！）

まさか採用《さいよう》されるなんて思《おも》わなかった。

全国《ぜんこく》にかくれんぼを広《ひろ》める団体《だんたい》がいるらしい、と蒼汰《そうた》が知《し》ったのは偶然《ぐうぜん》だった。

唯花《ゆいか》とは昔《むかし》よくかくれんぼをして一緒《いっしょ》に遊《あそ》んだ。

だからもしも採用《さいよう》されたら、小《ちい》さいころみたいに唯花《ゆいか》と一緒《いっしょ》にかくれんぼをして、仲直《なかなお》りができるかもと思《おも》ったのだ。

動《うご》くろうかを希望《きぼう》したのだって、かけっこがおそかった唯花《ゆいか》が、「道路《どうろ》が全部《ぜんぶ》動《うご》いたらいいのに」とむくれていたことを思《おも》いだしたからだ。

（それに、この学校《がっこう》やたら校舎《こうしゃ》広《ひろ》いし、移動教室《いどうきょうしつ》も楽《らく》になるじゃん！　一石二鳥《いっせきにちょう》だ！）

かくれる場所《ばしょ》は、蒼汰《そうた》たちが通《かよ》っている小学校《しょうがっこう》。

1年生《ねんせい》から6年生《ねんせい》まで全校児童《ぜんこうじどう》は400人以上《にんいじょう》もいる。

対《たい》してかくれるメンバーはたったの6人《にん》。

数《かず》の勝利《しょうり》で、すぐに見《み》つけられそうな気《き》がする。

「これ全員見《ぜんいんみ》つけたら、うちの学校《がっこう》に動《うご》く歩道《ほどう》ができるかもしれないってことだよな!?」

「動《うご》く歩道《ほどう》って駅《えき》とかにたまにあるやつ？」

「すげーじゃん！」

みんなの興奮《こうふん》した声《こえ》も聞《き》こえてくる。

この学校《がっこう》の校舎《こうしゃ》は、３階建《かいだ》ての中《ちゅう》・高学年校舎《こうがくねんこうしゃ》と２階建《かいだ》ての低学年校舎《ていがくねんこうしゃ》が横《よこ》ならびになっていて、ろうかの幅《はば》はせまいのに、校舎《こうしゃ》の長《なが》さだけはやたらとある。

しかもその両《りょう》はしに視聴覚室《しちょうかくしつ》や音楽室《おんがくしつ》があって、移動《いどう》にとても時間《じかん》がかかる。

体育《たいいく》のあとなんかサイアクだ。

（よしっ！　ぜったい全員見《ぜんいんみ》つけてやるぞ！）

蒼汰《そうた》はグッと拳《こぶし》をにぎった。

と、そのとき。

『我々《われわれ》に挑戦状《ちょうせんじょう》を送《おく》りつけてきたのは、５年《ねん》１組《くみ》の石田蒼汰《いしだそうた》くんだ！　蒼汰《そうた》くん、どこだぁ！　俺《おれ》たちは負《ま》けないからなぁ！』

「えっ!?」

火暮《かくれ》がスピーカー越《ご》しに、大《おお》きな声《こえ》で名前《なまえ》を呼《よ》んだ。

思《おも》わず変《へん》な声《こえ》を出《だ》してしまった蒼汰《そうた》に、ザワッと視線《しせん》が集中《しゅうちゅう》する。

「蒼汰《そうた》が出《だ》したのか!?」

「マジかよ！　すげーな！」

一気《いっき》に盛《も》りあがったクラスメイトたちが、蒼汰《そうた》をわっととりかこんだ。

「ひとこと！　蒼汰《そうた》！　なんかひとことといえよ！」

「え!?　ひ、ひとこと!?」

お調子者《ちょうしもの》のクラスメイトに、にぎった手《て》をマイクのようにつきつけられてちょっとおどろく。だけど、みんながワクワクした目《め》をむけてくるから、蒼汰《そうた》は思《おも》わず右手《みぎて》をにぎってつきあげた。

「動《うご》く歩道《ほどう》、ゲットしようぜ！」

「おおーっ！」

みんなも拳《こぶし》をつきあげてくれる。運動会《うんどうかい》みたいな雰囲気《ふんいき》だ。

円《えん》の中心《ちゅうしん》にいる蒼汰《そうた》はなんだかヒーローになった気分《きぶん》になってくる。

いい気分《きぶん》でとなりをチラリと見《み》ると、唯花《ゆいか》は不思議《ふしぎ》そうに小《ちい》さく首《くび》をひねっていた。

「なんで動《うご》く歩道《ほどう》……？」

「お、覚《おぼ》えてないのかよ！」

「え？」

思《おも》わず蒼汰《そうた》がいいかけたとき、火暮《かくれ》が説明《せつめい》をつづけた。

『学校《がっこう》かくれんぼの注意事項《ちゅういじこう》は２つ。**1つめ、ろうかは走《はし》らない。**ケガのもとにもなるからな！　俺《おれ》たちはかくれているだけで、見《み》つかってもぜったいに逃《に》げたりしないから、安心《あんしん》してじっくりさがしてくれたまえ』

たしかに鬼《おに》ごっこじゃないんだし、走《はし》る必要《ひつよう》なんてない。

『**2つめ、モノはこわさない。**俺《おれ》たちがかくれている場所《ばしょ》は、少《すこ》し押《お》したり、あけたりすれば動《うご》くような設計《せっけい》になっている。むりやりこじあけたり、わったりしたら、あとで学校《がっこう》の先生《せんせい》たちから怒《おこ》られちゃうぞ』

火暮《かくれ》の説明《せつめい》を聞《き》いた唯花《ゆいか》が、蒼汰《そうた》から目《め》をそらして、考《かんが》えこむようにあごに手《て》をあてる。

「じゃあ、もともと学校《がっこう》にあるもののなかにかくれているか、あたらしく作《つく》ったりしている可能性《かのうせい》が高《たか》いってことになるのかな……」

「あ、そういう意味《いみ》か」

かくれんぼといえば、てっきりロッカーのなかとか、人《ひと》がこなそうな物陰《ものかげ》とか、そういう場所《ばしょ》にかくれるものだとばかり考《かんが》えていた蒼汰《そうた》には、目《め》からうろこだった。

さすが俺《おれ》の幼《おさな》なじみ、とちょっとほこらしい気《き》もちになる。

「でも、そうなるとちょっとさがすレベルあがるよな」

「うん。でも、学校《がっこう》なら私《わたし》たちのほうがくわしいから、きっと――」

いいかけた唯花《ゆいか》は、蒼汰《そうた》とケンカしていたことを思《おも》い出《だ》したように、ハッとして口《くち》をつぐんだ。咳払《せきばら》いをしてまた前《まえ》をむいてしまう。

それがすごくさびしくて、蒼汰《そうた》がまた声《こえ》をかけようとしたとき。

『制限時間内《せいげんじかんない》に俺《おれ》たち全員《ぜんいん》を見《み》つけることができたら、この学校《がっこう》のろうかはすべて！　動《うご》く歩道《ほどう》になる！』

火暮《かくれ》が拳《こぶし》をにぎって宣言《せんげん》した。

「やったー!!」

「すげー!」

「全部動《ぜんぶうご》く歩道《ほどう》になるぞー!」

体育館《たいいくかん》のいたるところから興奮《こうふん》とよろこびの悲鳴《ひめい》がきこえてくる。

蒼汰《そうた》は、歓声《かんせい》にかき消《け》されそうになりながら、大声《おおごえ》で唯花《ゆいか》に呼《よ》びかけた。

「なあ、唯花《ゆいか》! 学校《がっこう》に動《うご》くろうかができるんだぞ!」

「え? ……私《わたし》は別《べつ》に、どっちでもいいけど」

だけど唯花《ゆいか》は心《こころ》の底《そこ》からどうでもいいというかのようにそういってそっぽをむいてしまった。

蒼汰《そうた》との思《おも》い出《で》を、唯花《ゆいか》は覚《おぼ》えていないらしい。

『まあ、きみたちに、俺《おれ》たちはそう簡単《かんたん》に見《み》つけられないと思《おも》うけれども——』

にやり、と挑戦的《ちょうせんてき》に笑《わら》った火暮《かくれ》の言葉《ことば》が聞《き》こえてきて、蒼汰《そうた》の心《こころ》に、メラメラと炎《ほのお》が燃《も》えあがった。火暮《かくれ》ではなく、唯花《ゆいか》にむかって、ビッと人《ひと》さし指《ゆび》をつきつける。

「一緒《いっしょ》にさがすぞ! それでぜったい動《うご》くろうかにしてやるからな!」

「はぁ？」

蒼汰《そうた》のとつぜんの宣言《せんげん》に、唯花《ゆいか》があっけにとられたのを待《ま》っていたかのようなタイミングで、火暮《かくれ》がいった。

『それでは、みんな。用意《ようい》はいいかな？』

「おおーっ！」

「ぜったい見《み》つけてやる！」

火暮《かくれ》の声《こえ》に、みんながいっせいに声《こえ》をあげる。

さっきの火暮《かくれ》の挑戦的《ちょうせんてき》ないいかたで、みんなも闘志《とうし》がみなぎっているようだ。

火暮《かくれ》が、バッと手《て》をあげる。

と、同時《どうじ》に火暮《かくれ》たちの姿《すがた》が消《き》えた。

『学校《がっこう》かくれんぼ、スタートだ！』

声《こえ》だけがスピーカーから聞《き》こえてきて、全校児童《ぜんこうじどう》に宣戦布告《せんせんふこく》がなされたのだった。

二《に》 まさかのスピード発見《はっけん》!?

学校《がっこう》かくれんぼ、前半《ぜんはん》の制限時間《せいげんじかん》は10分間《ぶんかん》。

陽川市立陽川小学校《ひかわしりつひかわしょうがっこう》の児童《じどう》たちは、いっせいに体育館《たいいくかん》の外《そと》へと飛《と》びだした。

「俺《おれ》、外《そと》いってみる!」

「わたしは図書室《としょしつ》!」

「ねえねえ、視聴覚室《しちょうかくしつ》は!?」

くちぐちに思《おも》いついた場所《ばしょ》をいって、みんなはそれぞれの場所《ばしょ》へとむかう。

蒼汰《そうた》もあわてて考《かんが》える。

「やっぱりかくれやすいっていったら、家庭科室《かていかしつ》とか理科室《りかしつ》とかだよな?」

友《とも》だちとかくれんぼをするなら、どこがかくれやすいかを考《かんが》えてみる。

かくれやすいけど、見《み》つかりやすい場所《ばしょ》といえば、教卓《きょうたく》の下《した》とか、ロッカーのなか。

だけど、まさかそんな簡単《かんたん》なところにかくれているとは思《おも》えない。

「きっと、あっとおどろく場所《ばしょ》なんだ。考《かんが》えろ〜……考《かんが》えろ〜……」

蒼汰《そうた》は自分《じぶん》にいい聞《き》かせるようにつぶやきながら、校舎《こうしゃ》を思《おも》いうかべてみた。

低学年《ていがくねん》と中《ちゅう》・高学年《こうがくねん》、両方《りょうほう》の校舎《こうしゃ》から渡《わた》りろうかでつながっているのは体育館《たいいくかん》。

低学年校舎側《ていがくねんこうしゃがわ》には奥《おく》に大《おお》きなグラウンドがあって、それぞれの校舎《こうしゃ》の前《まえ》には校庭《こうてい》がある。

低学年校舎《ていがくねんこうしゃ》の前《まえ》にある校庭《こうてい》にはタイヤが埋《う》まった遊具《ゆうぐ》や鉄《てつ》ぼうがあって、走《はし》りまわれるスペースがあり、中《ちゅう》・高学年校舎《こうがくねんこうしゃ》の前《まえ》には木《き》や、大《おお》きな飾《かざ》り石《いし》や、花《か》だんがある。

校務員《こうむいん》のおじさんが花《か》だんの世話《せわ》をしているのを、蒼汰《そうた》は何度《なんど》か見《み》たことがあった。

中《ちゅう》・高学年校舎《こうがくねんこうしゃ》の校庭《こうてい》の横《よこ》には、塀《へい》でかこわれたプールもある。

「よし！　考《かんが》えてもよくわかんなくなってきた！　から、まずは片《かた》っぱしからさがしまわってみようぜ！」

目《め》につく扉《とびら》をあけていけば、きっとどこかにいるはずだ。

豪快《ごうかい》な結論《けつろん》をだした蒼汰《そうた》に、唯花《ゆいか》が、はぁっとため息《いき》をついた。

「どこをさがしたかわからなくなったら二度手間《にどでま》でしょ。思《おも》いつきで口《くち》にするクセ、やめたほうがいいよ、蒼汰《そうた》」

「むっ。じゃあ、唯花《ゆいか》はどこをさがせばいいと思《おも》うんだよ」

怒《おこ》ったようにいってはいるが、久《ひさ》しぶりに名前《なまえ》を呼《よ》ばれて、蒼汰《そうた》はちょっとうれしかった。でも、ニヤニヤしたら「ふざけるならもういい」と怒《おこ》られそうだから、がんばってふてくされたフリをしているのだ。

「はぁ……もう。私《わたし》なら、まずは近《ちか》い場所《ばしょ》から順番《じゅんばん》に見《み》ていくとして――」

唯花《ゆいか》はあきれたようにため息《いき》をついたが、ていねいに説明《せつめい》をはじめてくれた。

いつも宿題《しゅくだい》をギリギリまでやらずにこまった蒼汰《そうた》を助《たす》けてくれるときの唯花《ゆいか》と一緒《いっしょ》だ。

ふん、ふん、とうなずいて聞《き》きながら、蒼汰《そうた》はほっぺたがゆるみそうになるのを奥歯《おくば》をかんで我慢《がまん》した。


そのころ、1年《ねん》2組《くみ》の**広瀬《ひろせ》さち**は、保健室《ほけんしつ》のベッドの下《した》をのぞいていた。

「見《み》ーつけた！」

わざと大《おお》きな声《こえ》をだしてみたけれど、それであらわれてくれるわけもない。

むしろほかの学年《がくねん》の人《ひと》が「見《み》つかったの!?」とあわてて保健室《ほけんしつ》にとびこんできて、誤解《ごかい》させてしまったくらいだ。

「もー！　どこにもいなーい！」

いつもは保健《ほけん》の先生《せんせい》があけてくれる薬品《やくひん》のはいった棚《たな》もカギはかかったまま。

さちは、小《ちい》さな体《からだ》で先生《せんせい》の机《つくえ》の下《した》にももぐりこんでみる。

「うーん……いないなぁ……」

だけど、そこにもだれもいない。くるくるクセっ毛《け》の髪《かみ》の毛《け》にホコリがついただけだ。

ねんのため、保健室《ほけんしつ》のなかを歩《ある》きながら壁《かべ》をトントンたたいてみるけど、やわらかかったり、手触《てざわ》りがおかしかったりするところもないと思《おも》う。

「あと見《み》てないところは……っと、ゴミ箱《ばこ》！」

だけどそんなところ、体《からだ》の小《ちい》さなさちだってはいれないからいないはずだ。

「本当《ほんとう》にいるのかなぁ？」

さちたち1年生《ねんせい》は数カ月前《すうかげつまえ》にこの小学校《しょうがっこう》に入学《にゅうがく》したばかり。

上級生《じょうきゅうせい》のいる校舎《こうしゃ》には校舎案内《こうしゃあんない》のときにいったきりだ。

まだひとりではいったこともない。

それに校舎《こうしゃ》は遠《とお》いから、迷子《まいご》になる気《き》もしてまだちょっと怖《こわ》い。

学校《がっこう》のどこになにがあるのか、よくわからないことのほうが多《おお》かった。

「もー！　ぜったい見《み》つけられないよー！」

さちは保健室《ほけんしつ》の窓《まど》をあけて、思《おも》いきり空《そら》にむかってさけんでやった。

校庭《こうてい》のほうにも、すでに何人《なんにん》かがでてさがしまわっている。

「私《わたし》も、あっちさがそうかなぁ」

校庭《こうてい》の遊《あそ》び場《ば》をさがしているのか、かけっこしているのかわからない児童《じどう》も何人《なんにん》かいて、
なんだか楽《たの》しそうに見《み》える。

「かくれんぼ、見《み》つけられないとおもしろくないんだもん」

それは、さちが幼稚園生《ようちえんせい》のときも思《おも》ったことだった。

ぜんぜん見《み》つけられないと、世界《せかい》にたったひとりだけとり残《のこ》されたような悲《かな》しい気《き》もち

になってくる。

むぅっと口《くち》をとがらせて、さちは保健室《ほけんしつ》をでることにした。

「もーいーかい、まーだだよ、もーいーかい、まーだだよ」

かくれんぼのかけ声《ごえ》を歌《うた》いながら、ろうかをわたって、玄関《げんかん》にむかう。

なんとなく顔《かお》を横《よこ》にむけたさちは、壁《かべ》に貼《は》られたポスターに目《め》をとめた。

緑色《みどりいろ》の掲示板《けいじばん》があって、保健《ほけん》だよりや学校《がっこう》ニュースが貼《は》られている。

「みどり　大切《たいせつ》に」と書《か》かれたポスターは、さちが入学《にゅうがく》したときから、ずっとここに貼《は》られている。

「もーいーかい、まーだだよ、もーいーかい、まーだだよ」

歌《うた》いながら、さちは掲示板《けいじばん》の前《まえ》を通《とお》りすぎようとした。

ポスターの絵《え》は、青空《あおぞら》にさんさんとかがやく太陽《たいよう》と、地球《ちきゅう》の上《うえ》にしっかりと立《た》った大《おお》きな木《き》。木《き》のまわりには、２羽《わ》の小鳥《ことり》が楽《たの》しそうに飛《と》んでいる。

「もーいーかい、まーだだよ、もーいーかい、まーだだよ……」

そのままいってしまおうとして、さちは「ん？」と足《あし》を止《と》めた。

（この絵《え》、こんな感《かん》じだったっけ……？）

太陽《たいよう》や青空《あおぞら》が、なんだかやけにデコボコして見《み》える気《き》がする。

それに、なんだかちょっとだけ、いつもよりポスターの貼《は》ってある場所《ばしょ》が、ろうか側《がわ》にでっぱっている気《き》もした。

くりくりした大《おお》きな目《め》を、何回《なんかい》もパチパチとまたたいて見《み》る。

（うーん、んんんん～～～……？）

さちは考《かんが》えこむようにして、腕《うで》を組《く》んで首《くび》をひねった。

そのままなんとなく、かくれんぼのかけ声《ごえ》を口《くち》ずさむ。

「もーいーかい、まーだだよ、もーいーかい――」

そのとき。

「もーいーよー！」

「えっ!?」

「あっ、やべ！」

ポスターが急《きゅう》に返事《へんじ》をした。

思《おも》わずさちが声《こえ》をだしたのと、ポスターの絵《え》がまばたきをしたのは同時《どうじ》だった。

さちと目《め》があったポスターは、しまったというように目《め》を見開《みひら》いて、それからすっと目《め》を閉《と》じる。そうすると、ただの絵《え》にもどる――

「………」

わけがない。

いくらさちが1年生《ねんせい》でも、そんなことでごまかされたりなんかするもんか。

ポスターの上半分《うえはんぶん》に、太陽《たいよう》と同《おな》じ赤色《あかいろ》や空《そら》と同《おな》じ青色《あおいろ》を顔《かお》にぬりたくっただれかがはいっている。だからデコボコして見《み》えたのだ。

(もう1年生《ねんせい》なんだからね！)

さちは大《おお》きく息《いき》を吸《す》いこんだ。

それからポスターの絵《え》にかくれている人《ひと》にむかって、ビッと人《ひと》さし指《ゆび》をつきつけて。

「見《み》ーつけた！」

「ぐっ！　灯台下暗《とうだいもとくら》しっていったじゃねーかよぉっ！」

ポスターは悔《くや》しそうに顔《かお》をくしゃくしゃにした。

学校だより
おとしもの
みどり大切に
みんなの地球
みつけた!

それからガコンッと掲示板《けいじばん》が動《うご》いたかと思《おも》うと、なかから**顔全部《かおぜんぶ》に絵《え》の具《ぐ》をぬりたくった男《おとこ》の子《こ》**がでてきた。

そのうしろには、本物《ほんもの》の掲示板《けいじばん》が見《み》える。

どうやら掲示板《けいじばん》の前《まえ》にそっくりな掲示板《けいじばん》を作《つく》って、うしろにかくれていたようだ。

「す、すごい……！」

さちは思《おも》わずあんぐりと口《くち》をあけてしまった。

同時《どうじ》に、ピンポンパンポーン、とチャイムが鳴《な》って、校内放送《こうないほうそう》がかかる。

『残《のこ》り時間《じかん》、７分《ふん》58秒《びょう》、霧峰作太郎《きりみねさくたろう》、保健室横《ほけんしつよこ》の掲示板《けいじばん》ポスターで発見《はっけん》』

それは火暮《かくれ》の声《こえ》だった。

いつのまにか放送室《ほうそうしつ》にいるらしい火暮《かくれ》は、みんなの様子《ようす》をどこかからモニタリングしながら実況中継《じっきょうちゅうけい》するようだ。

『残《のこ》り、5名《めい》だ！』

火暮《かくれ》の言葉《ことば》に、まわりが一気《いっき》にわきたった。

学校《がっこう》かくれんぼがはじまって、まだほんの2分《ふん》ほど。

こんなに早《はや》く、ひとりめが見《み》つけられたのだ。

「やった！　やったぁ！」

さちはその場《ば》でぴょんぴょんと飛《と》びはねた。

いつも見《み》ていて、当《あ》たり前《まえ》にすごしていた場所《ばしょ》に、作太郎《さくたろう》がかくれていた。

ほんのわずかな、微妙《びみょう》なちがいを、まだ1年《ねん》も通《かよ》っていないさちが見《み》つけられたのだ。

「あと5人《にん》！　さがすぞー！　おー！」

いまなら上級生《じょうきゅうせい》の校舎《こうしゃ》にかくれているメンバーも見《み》つけられる気《き》がする。

明《あか》るい声《こえ》でそういって、さちは中《ちゅう》・高学年校舎《こうがくねんこうしゃ》につながるろうかをウキウキと進《すす》んでいった。

低学年校舎《ていがくねんこうしゃ》 1階《かい》

霧《きり》峰《みね》作《さく》太《た》郎《ろう》 脱《だつ》落《らく》

【低学年校舎《ていがくねんこうしゃ》にある１階掲示板《かいけいじばん》 のポスター】にて見《み》つかる

残《のこ》り5/6人《にん》

前半《ぜんはん》 残《のこ》り時間《じかん》 07:58

三《さん》 勝負《しょうぶ》のカギは、直観力《ちょっかんりょく》

かくれんぼ開始《かいし》から3分《ぷん》が経過《けいか》しようとしていたころ。

蒼汰《そうた》と唯花《ゆいか》は図工室《ずこうしつ》のなかを怪《あや》しんでいた。

唯花《ゆいか》の提案《ていあん》で、体育館《たいいくかん》から移動《いどう》して、中《ちゅう》・高学年校舎《こうがくねんこうしゃ》の1階《かい》からさがしてみようということになったのだ。

いつも唯花《ゆいか》がポケットにいれているメモ帳《ちょう》に簡単《かんたん》な校舎《こうしゃ》の地図《ちず》を描《か》いて、いなかった場所《ばしょ》にはバツをつけていく、という作戦《さくせん》だ。

「これなら、1回《かい》さがした場所《ばしょ》がわかるでしょ」

「さっすが唯花《ゆいか》さまさまだな！」

唯花《ゆいか》はクラスで一番頭《いちばんあたま》がいい。

ついこの前《まえ》も、テストがひとりだけ100点《てん》で、幼《おさな》なじみとして蒼汰《そうた》は鼻《はな》が高《たか》かった。

ちなみに蒼汰《そうた》の点数《てんすう》は、唯花《ゆいか》の点数《てんすう》の半分《はんぶん》の半分《はんぶん》よりちょっと上《うえ》くらい。

だから、本当《ほんとう》にほめたつもりだったのに、唯花《ゆいか》は冷《つめ》たい目《め》を蒼汰《そうた》にむけてきた。

「思《おも》ってもいないくせに」

「なんでだよ。思《おも》ってるって」

「勉強《べんきょう》オタクって？」

「そっ、それは――」

誤解《ごかい》なんだといおうとした蒼汰《そうた》を無視《むし》して、唯花《ゆいか》はさっさと図工室《ずこうしつ》のなかを進《すす》んでいく。

「机《つくえ》の下《した》にはかくれられそうな場所《ばしょ》なんてないし、教壇《きょうだん》もかわったところはなかったのよねー……。あとは、この道具置《どうぐお》き場《ば》とか……？」

ひとりでブツブツとつぶやきながら、唯花《ゆいか》は木製《もくせい》の大《おお》きな棚《たな》を見《み》あげた。

はさみやノリ、それにカッターなどの名前《なまえ》がシールではられた道具置《どうぐお》き場《ば》の棚《たな》には、引《ひ》き戸《ど》やスライドドアもついている。

「ここを上手《じょうず》に改造《かいぞう》できたら、ひとりくらいかくれる場所《ばしょ》になるのかも……」

「よしっ、あけてみようぜ！」

いうが早《はや》いか蒼汰《そうた》は期待《きたい》をこめて、棚《たな》のとびらに手《て》をかけた。

「いざっ！　——……あれ？　うーん……やっぱいないみたいだぞ」

だけど棚《たな》は普通《ふつう》にあくし、押《お》したりひいたりしてみたけど、おかしなところもなさそうだ。黒板《こくばん》も手洗《てあら》い場《ば》も、すみからすみまでさがしてみたけど、どこにもいない。

「図工室《ずこうしつ》なら、ひとりくらいかくれてると思《おも》ったんだけどなー。な、唯花《ゆいか》」

せっかくの唯花《ゆいか》の推理《すいり》がはずれてしまったことを残念《ざんねん》に思《おも》いながら声《こえ》をかける。

が、唯花《ゆいか》はツンとそっぽをむいた。

「……べつに私《わたし》、本当《ほんとう》にここにかくれてるとか思《おも》ってなかったし」

「は、はぁ!?　なんだよそのいいかた！　かわいくないな!?」

思《おも》わずいってしまってから、蒼汰《そうた》はしまったと思《おも》った。

が、やはりもうおそい。

唯花《ゆいか》の頬《ほお》はみるみるうちに、ぷっくりふくれてきてしまった。

「どーせ、私《わたし》は勉強《べんきょう》オタクでかわいくないですよーだ。ふんっ」

「あっ、いや、そういう意味《いみ》でいったわけじゃな——」

あわてる蒼汰《そうた》を完全《かんぜん》に無視《むし》して、唯花《ゆいか》はメモ帳《ちょう》に描《か》いた図工室《ずこうしつ》に、大《おお》きくバツをつけた。

「じゃあつぎは――」

「家庭科室《かていかしつ》だな！」

メモ帳《ちょう》をのぞきこんで、蒼汰《そうた》は近《ちか》くの教室《きょうしつ》を指《ゆび》さした。

家庭科室《かていかしつ》なら、フライパンや鍋《なべ》などの調理器具《ちょうりきぐ》をたくさんしまってある大《おお》きな戸棚《とだな》があるし、調理台《ちょうりだい》の下《した》など、かくれられそうな場所《ばしょ》もたくさんある。

無視《むし》を決《き》めこむ唯花《ゆいか》の腕《うで》を強引《ごういん》にひっぱって、蒼汰《そうた》は家庭科室《かていかしつ》にむかうことにした。

だけどドアをあけると、家庭科室《かていかしつ》にはもうたくさんの人《ひと》がいた。

「わ――、けっこう人《ひと》がいる……」

「俺《おれ》たち、でおくれちゃったみたいだな」

ガス台《だい》の下《した》も、シンクの下《した》も、みんな一生懸命《いっしょうけんめい》さがしている。

「同《おな》じ場所《ばしょ》をさがしてもしょうがないわよね。じゃあつぎはっと――」

唯花《ゆいか》の決断《けつだん》は早《はや》かった。家庭科室《かていかしつ》にも、さっそく大《おお》きなバツ印《じるし》をつける。

そのつぎは、横《よこ》の階段《かいだん》をのぼればいける音楽室《おんがくしつ》だ。

音楽室《おんがくしつ》には、幸《さいわ》い、まだそんなに人《ひと》はいなかった。

「よし！　さがすぞ！　まずはそうだな……あ！　ピアノのなかとか！」

「はぁ……いるわけないと思《おも》うけど」

「むっ。じゃあ唯花《ゆいか》はどこにいると思《おも》うんだよ」

「…………」

蒼汰《そうた》の質問《しつもん》には答《こた》えずに、唯花《ゆいか》はスタスタとピアノに近《ちか》づく。

「あっ、おいコラ、無視《むし》すんなって！」

あわてて追《お》いかける蒼汰《そうた》に答《こた》えず、唯花《ゆいか》はピアノのフタをあけて鍵盤《けんばん》を鳴《な》らした。

ポーン、ポーン、とキレイな音《おと》が教室《きょうしつ》に響《ひび》く。

このピアノは本物《ほんもの》で、だれかがかくれている様子《ようす》はなさそうだ。

ほらね、とでもいうかのように、唯花《ゆいか》が肩《かた》をすくめてみせる。

「ちがったかー！　じゃあ、あとかくれられそうな場所《ばしょ》はどこだ？」

「……音楽室《おんがくしつ》で人《ひと》がはいれそうなのって、この棚《たな》とか……？」

蒼汰《そうた》にいうでもなくいいながら、唯花《ゆいか》はピアノの奥《おく》を見《み》た。

ピアノと壁《かべ》のあいだに、楽譜《がくふ》をいれるキャビネットがおかれている。

ねんのためにと、上《うえ》の扉《とびら》も下《した》の扉《とびら》もあけてみたけど、やはりだれもいなかった。

「さっきは掲示板《けいじばん》のポスターで見《み》つかったみたいだけど、ここの絵《え》にはなにもないみたいだし……」

窓《まど》とは反対側《はんたいがわ》の壁《かべ》に、昔《むかし》の音楽家《おんがくか》たちの絵《え》が貼《は》ってある場所《ばしょ》がある。

だけど絵《え》は絵《え》で、だれかが代《か》わりにはいっているようなこともない。

「あと見《み》てないところってどこだ!?」

残念《ざんねん》そうな唯花《ゆいか》をはげますように、蒼汰《そうた》は元気《げんき》よく音楽室《おんがくしつ》をぐるりとかけまわってみた。

指揮台《しきだい》やイスはかくれられる場所《ばしょ》じゃない。

ピアノにも電子《でんし》オルガンにも、キャビネットのなかにもいなかった。

掃除用具入《そうじようぐい》れは、べつの子《こ》たちが念入《ねんい》りに調《しら》べているのでだいじょうぶそう。

「ね～、やっぱさ～、音楽室《おんがくしつ》にはいないんじゃな～い？」

教室《きょうしつ》のなかをさがしていたらしい女子《じょし》が、めんどうくさそうな声《こえ》をだした。ピンクのタイツに、赤《あか》いリボンがついた黒《くろ》のミニスカートをはいている派手《はで》な女子《じょし》だ。

上履《うわば》きの色《いろ》からして、学年《がくねん》は蒼汰《そうた》たちのひとつ上《うえ》の6年生《ねんせい》だ。

「べつのところさがしにいこ〜っと！」

彼女《かのじょ》の言葉《ことば》につられて、何人《なんにん》かの児童《じどう》がぞろぞろと音楽室《おんがくしつ》からでていってしまう。

蒼汰《そうた》も唯花《ゆいか》のほうをふりかえった。

「唯花《ゆいか》、俺《おれ》たちもほかの場所《ばしょ》さがしにいくかー」

だけど唯花《ゆいか》は、首《くび》をひねって一点《いってん》を見《み》つめていた。

「どうした？」

「……あそこ、どうしてあんな跡《あと》があるのかなって……」

「んー？　どれどれ……？」

唯花《ゆいか》が見《み》つめているのは、ピアノのおいてある床《ゆか》だ。

床《ゆか》の上《うえ》に、四角《しかく》く色《いろ》の変《か》わった跡《あと》が4つある。

ちょうどピアノの脚《あし》と同《おな》じ大《おお》きさだ。

「掃除《そうじ》のし忘《わす》れじゃないのか？　俺《おれ》たちもつぎの教室《きょうしつ》いこうぜ！」

「うん……？」

蒼汰《そうた》は唯花《ゆいか》の背中《せなか》を押《お》すようにして音楽室《おんがくしつ》をでた。

残《のこ》っている数人《すうにん》の児童《じどう》も次々《つぎつぎ》と音楽室《おんがくしつ》からでていって――


「あーっ！　見《み》ーつけたーっ！」


すぐうしろで声《こえ》がして、蒼汰《そうた》と唯花《ゆいか》はびっくりして立《た》ちどまる。

思《おも》わず顔《かお》を見《み》あわせて、ふたりはいそいで音楽室《おんがくしつ》にもどった。

キャアキャアとよろこぶ児童《じどう》の奥《おく》に、さっき蒼汰《そうた》たちがあけて調《しら》べたキャビネットがあった。そのキャビネットが前《まえ》に少《すこ》しずらされて、そのうしろがガコンッとはずされていた。

本物《ほんもの》のキャビネットとそっくり同《おな》じ色《いろ》の板《いた》で、うしろに空間《くうかん》がつくられていたのだ。

「……ふぅ。まさか、こんなに早《はや》く見《み》つかってしまうとは」

眼鏡《めがね》のフチをくいっともちあげながらでてきたのは、**おかっぱ頭《あたま》の小柄《こがら》な女子《じょし》。**

きりそろえられた前髪《まえがみ》の下《した》の視線《しせん》が、蒼汰《そうた》たちをしずかに見《み》まわしている。

「はぁ!?　あんなところにかくれていたのかよ！」

「なるほど。床《ゆか》に残《のこ》ってた跡《あと》って、ピアノを動《うご》かしたときにできた日焼《ひや》け跡《あと》だったのね！」

唯花《ゆいか》がポンッと手《て》をうった。

「ど、どういうことだ？」

「つまり、こういうこと。同《おな》じ場所《ばしょ》にずっと物《もの》をおいていたら、そこだけ日《ひ》に当《あ》たらないでしょ？　キャビネットのうしろに空間《くうかん》をつくっていたってことは、奥行《おくゆき》の大《おお》きなあたらしいキャビネットをおくために、ピアノを前《まえ》に移動《いどう》させていたのよ」

ずっと置《お》かれていたピアノを動《うご》かしたせいで、日焼《ひや》けしていなかったピアノの４つの脚《あし》部分《ぶぶん》だけ、色《いろ》がかわっていたのだという説明《せつめい》で、ようやく蒼汰《そうた》も理解《りかい》する。

ということは、だ。

唯花《ゆいか》が、床《ゆか》に残《のこ》った跡《あと》に違和感《いわかん》を覚《おぼ》えたのは正《ただ》しかったということだ。

それを、掃除《そうじ》のし忘《わす》れだといってしまったのは蒼汰《そうた》だ。

「うわっ、俺《おれ》のせいで、先《さき》こされちゃったってことか……！」

思《おも》わず蒼汰《そうた》は額《ひたい》に手《て》を押《お》しあてた。

思《おも》いつきで口《くち》にするな、と注意《ちゅうい》されたのはついさっきなのに、また失敗《しっぱい》してしまった。

また唯花《ゆいか》を怒《おこ》らせてしまったかもしれない。

もう許《ゆる》してくれないかもしれない——みるまに、蒼汰《そうた》の肩《かた》が落《お》ちていく。

「……え？　蒼汰《そうた》、そんなに見《み》つけたかったの？」

だけど唯花《ゆいか》は、びっくりしたような顔《かお》を落《お》ちこむ蒼汰《そうた》にむけていた。

「は？　あっ！　い、いや、俺《おれ》じゃなくて——」

『残《のこ》り時間《じかん》、5分《ふん》42秒《びょう》、雨宮日葵《あめみやひまり》、音楽室《おんがくしつ》のキャビネット裏《うら》で発見《はっけん》。残《のこ》り、4名《めい》だ！　みんな、がんばってかくれていてくれたまえよー！』

ちょうどそのとき、火暮《かくれ》の楽《たの》しそうな声《こえ》が放送《ほうそう》から聞《き》こえてきた。

「あ、ほら！　まだ4人《にん》もいるんだよ。つぎがあるって。ね、いこう、蒼汰《そうた》！」

唯花《ゆいか》がはげますように、蒼汰《そうた》の背中《せなか》をバシンッとたたく。

なんだかよくわからないけど、唯花《ゆいか》は怒《おこ》っていないようだ。

ホッとして、蒼汰《そうた》は「おう！」と返《かえ》したのだった。

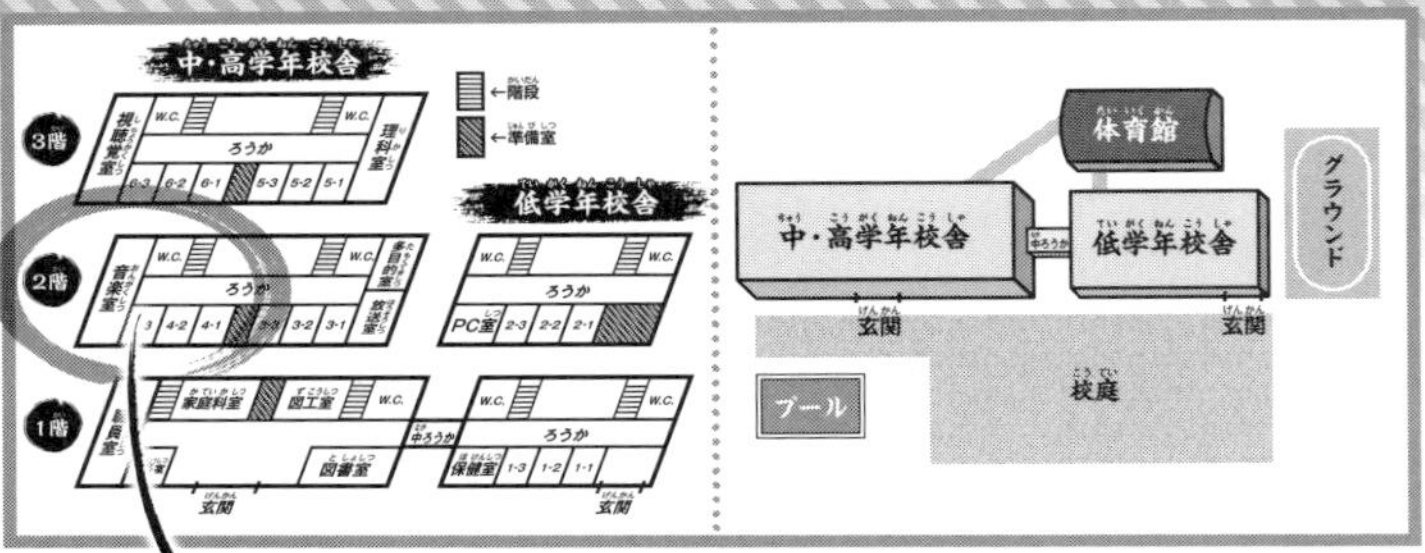

中《ちゅう》・高学年校舎《こうがくねんこうしゃ》 2階《かい》

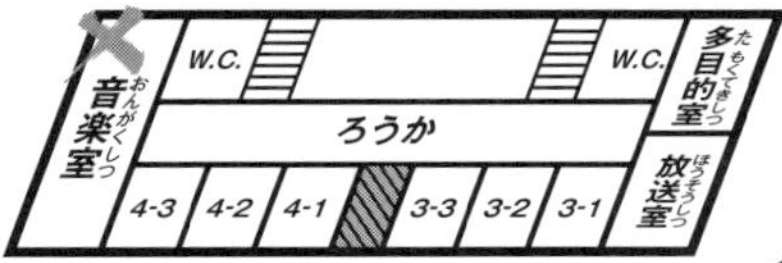

【音楽室《おんがくしつ》のキャビネットのうしろ】
にて見《み》つかる

雨宮日葵《あめみやひまり》 脱落《だつらく》

床《ゆか》の日焼《ひや》け跡《あと》を見落《みお》としていた!

残《のこ》り4/6人《にん》

前半《ぜんはん》 残《のこ》り時間《じかん》 05:42

四《よん》　ぞくぞく見《み》つかるかくれんぼ

前半戦《ぜんはんせん》、早《はや》くもふたり目《め》を見《み》つけた陽川小学校《ひかわしょうがっこう》の児童《じどう》たちは、みんな笑顔《えがお》で学校内《がっこうない》をさがしまわっている。

だけど、せっかく見《み》つけた手《て》がかりをみすみす放置《ほうち》してしまったせいで、発見《はっけん》できなかった蒼汰《そうた》はちょっとだけあせっていた。

「つぎは、ぜったい見《み》つけてやるからな！」

だけど、いったいどこをさがせばいいんだろう。

メモ帳《ちょう》に描《か》いた学校地図《がっこうちず》をジッと見《み》つめていた唯花《ゆいか》が、おかしそうにふっと笑《わら》った。

「蒼汰《そうた》がそんなにかくれんぼに熱《あつ》くなるなんて知《し》らなかった」

「な、なんだよ。だって、動《うご》くろうかにしたいだろっ」

「そんなに動《うご》くろうかにしたがってたのも知《し》らなかったよ。好《す》きなの？」

「ばっ、ちがっ、それは唯花《ゆいか》が――」

小《ちい》さいころに「道路《どうろ》が全部《ぜんぶ》動《うご》いたらいいのに」といったからで、蒼汰《そうた》の希望《きぼう》なんかじゃない。だけど、当《とう》の唯花《ゆいか》は覚《おぼ》えていないことを、蒼汰《そうた》だけが覚《おぼ》えているなんて、なんだか恥《は》ずかしくていいえるわけがない。

「せ、せっかくかくれんぼしてるんだからさ！『見《み》ーつけた！』っていいたいだろ！」

必死《ひっし》でごまかした蒼汰《そうた》の言葉《ことば》に、唯花《ゆいか》はちょっと考《かんが》えて、

「うん。たしかに。それはそう」

それからなにかを思《おも》いだしたのか、パッと明《あか》るい笑顔《えがお》を蒼汰《そうた》にむける。

「覚《おぼ》えてる？ 幼稚園《ようちえん》のとき、私《わたし》がかくれてると思《おも》って、蒼汰《そうた》ってば私《わたし》の弟《おとうと》がはいってるトイレをいきなりあけて泣《な》かせちゃって――」

「忘《わす》れるわけないだろ。あとでおまえのお母《かあ》さんにめちゃくちゃ怒《おこ》られたんだから。かくれんぼするなら、もっと考《かんが》えてやりなさーい！ って」

でも、耳《みみ》をすましたら、なかでごそごそ音《おと》がして、ぜったい唯花《ゆいか》がかくれていると思《おも》ったのだ。びっくりした弟《おとうと》にあんなに泣《な》かれるなんて、蒼汰《そうた》だってびっくりした。

「そのときも蒼汰《そうた》、見《み》ーつけた！　って大声《おおごえ》でいってたもんね」

「んで、見《み》つかったと勘違《かんちが》いした唯花《ゆいか》が、となりの風呂場《ふろば》からでてきたんだよな」

「そうそう。それで見《み》つかっちゃった！」

あははは、とおかしそうに笑《わら》う唯花《ゆいか》につられて、蒼汰《そうた》も笑《わら》う。

こんなに楽《たの》しい唯花《ゆいか》との会話《かいわ》はひさしぶりだ。

いまならもしかして、あやまれるかもしれない。

「あのさ、唯花《ゆいか》――」

蒼汰《そうた》が意《い》を決《けっ》して顔《かお》をあげたとき。

「ね～ね～！　ほかの人《ひと》たちって、どこにかくれてると思《おも》う～？」

テンションの高《たか》い女子《じょし》の声《こえ》が聞《き》こえてきた。

バタバタとろうかを移動《いどう》する女子《じょし》たちのグループに、正面《しょうめん》からやってきた女子《じょし》が楽《たの》しそうに話《はな》しかけている。ピンクの柄《がら》タイツに、赤《あか》いリボンがついた黒《くろ》のミニスカート姿《すがた》。

さっき音楽室《おんがくしつ》で見《み》たあの6年生《ねんせい》だ。

聞《き》かれている子《こ》たちも同《おな》じ上級生《じょうきゅうせい》の上履《うわば》きをはいているから、友《とも》だちなのだろう。

こまったように首《くび》をかしげて、指折《ゆびお》り数《かぞ》えてこたえている。

「わかんないよー。ポスターにかくれてたってやつと、音楽室《おんがくしつ》のキャビネットでしょー」

「ニャハハ～ッ！　マジやばぁ。ポスターってなに？　顔《かお》だしてたの？　超《ちょう》ウケる～！」

キャッキャと八重歯《やえば》を見《み》せて笑《わら》いながらこっちにきた派手《はで》な女子《じょし》は、蒼汰《そうた》たちにも声《こえ》をかけてきた。

「ね～、きみらは、つぎどこさがす感《かん》じ～？」

「え？　ええっと、俺《おれ》たちは……」

やばい。まだなにも考《かんが》えてない。

上級生《じょうきゅうせい》の女子《じょし》にとつぜん話《はな》しかけられて、蒼汰《そうた》はちょっとあわててしまった。

図工室《ずこうしつ》と音楽室《おんがくしつ》はもう見《み》たし、家庭科室《かていかしつ》はあんなに人《ひと》がいっぱいさがしていたから、きっとだいじょうぶ。

(多目的室《たもくてきしつ》？　視聴覚室《しちょうかくしつ》か？　いや、でもあんなところかくれる場所《ばしょ》なんてないよな！)

レクリエーションのときによく使《つか》う教室《きょうしつ》は、ただ広《ひろ》いだけで机《つくえ》も棚《たな》も特《とく》にない。

もしいたら、だれかが見《み》つけているはずだと思《おも》う。

「……体育館《たいいくかん》とかもいいかなって、思《おも》います」

パニックになりかけていた蒼汰《そうた》の横《よこ》で、唯花《ゆいか》がメモ帳《ちょう》を見《み》ながら冷静《れいせい》にいう。

と、派手《はで》な上級生《じょうきゅうせい》は、大《おお》きな目《め》をパチパチとまたたいた。

「いやいやいや〜！　体育館《たいいくかん》なんてかくれる場所《ばしょ》なさげじゃ〜ん！」

ニャハハ〜ッと笑《わら》って手《て》をふりながら去《さ》っていく女子《じょし》を見送《みおく》って、蒼汰《そうた》は思《おも》わずムッとした。

(あんないいかたしなくたっていいじゃないか！)

聞《き》かれたから、唯花《ゆいか》が一生懸命《いっしょうけんめい》考《かんが》えてこたえたっていうのに。

たしかに一般的《いっぱんてき》なかくれんぼで、体育館《たいいくかん》にいこうとする人《ひと》はほとんどいないと思《おも》う。

体育館《たいいくかん》はただただ広《ひろ》くて、かくれる場所《ばしょ》なんてなさそうだし。

でも、だからこそ、そこを狙《ねら》ってかくれている可能性《かのうせい》は大《おお》いにある。

「唯花《ゆいか》！　体育館《たいいくかん》、いってみようぜ！」

「え？　でも――」

「さっきの上級生《じょうきゅうせい》にいわれっぱなしって悔《くや》しいだろ！」

そういって、蒼汰《そうた》はもう一度《いちど》上級生《じょうきゅうせい》がさっていった方向《ほうこう》を見《み》る。

ゆく先々《さきざき》で話《はな》しかけているらしい彼女《かのじょ》は、やたらと友《とも》だちが多《おお》いようだ。

「それにさ、あの人《ひと》だって聞《き》いてばっかで、ぜんぜん自分《じぶん》でさがしてないじゃんか！」

キャッキャと楽《たの》しそうに会話《かいわ》をしている上級生《じょうきゅうせい》をにらみつけていると、ふと、顔《かお》をあげた彼女《かのじょ》と目《め》があった。

そらしてたまるかと思《おも》った蒼汰《そうた》が見《み》つづけていると、なぜか彼女《かのじょ》のほうがパッと蒼汰《そうた》から目《め》をそらす。

（ん――……？）

顔《かお》をかくすようにして、片手《かたて》をあげた少女《しょうじょ》の指《ゆび》が前髪《まえがみ》をかきあげる。

「蒼汰《そうた》？　どうしたの？」

「いや、まった。なあ、唯花《ゆいか》、なんかあの人《ひと》さ……」

ちょっと挙動《きょどう》がおかしくないか？

蒼汰《そうた》がそう思《おも》ったつぎの瞬間《しゅんかん》、ろうかをまがった少女《しょうじょ》の黒《くろ》い髪《かみ》の毛《け》の奥《おく》から、ちらりとピンク色《いろ》の髪《かみ》の毛《け》が見《み》える。

「あーっ！」

「えっ⁉　なになに⁉　どうしたの⁉」

「いまの！　たぶん！　かくれんぼ協会《きょうかい》のメンバーだ！」

「ええぇっ⁉」

あわてて蒼汰《そうた》はあとを追《お》った。

そうだよ、だってヘンだと思《おも》ったんだ。

いくら上級生《じょうきゅうせい》でも、あんな原色《げんしょく》カラーのファッションの人《ひと》がいたら、ぜったい噂《うわさ》になっただろうし、5年生《ねんせい》の教室《きょうしつ》と6年生《ねんせい》の教室《きょうしつ》は同《おな》じ3階《かい》だ。だけど一回《いっかい》も見《み》たことがない。

それにそれに、ちらりと見《み》えた髪《かみ》の色《いろ》――

「さっきの女子《じょし》、カツラかぶってる！」

まちがいない。

確信《かくしん》して、蒼汰《そうた》はろうかの角《かど》をまがって階段《かいだん》をかけあがる。

さっきの女子《じょし》の姿《すがた》が見《み》えない。

「くそー！　どこいった⁉」

蒼汰《そうた》がキョロキョロとあたりを見《み》まわしたそのとき。

すぐ横《よこ》の6年《ねん》2組《くみ》の教室《きょうしつ》から「見《み》ーつけた！」と声《こえ》があがった。

少《すこ》しおくれてやってきた唯花《ゆいか》が、ひざに手《て》をついて息《いき》をととのえる。

一緒《いっしょ》に教室《きょうしつ》のドアをあければ、教卓《きょうたく》を背《せ》もたれにして、青《あお》、ピンク、金色《きんいろ》に三等分《とうぶん》に染《そ》めた髪《かみ》の毛《け》の女子《じょし》が「ヤッバァァ」と楽《たの》しそうに笑《わら》っていた。

手《て》には黒髪《くろかみ》ポニーテールのウィッグがにぎられている。

「あ〜っ！　さっきの少年《しょうねん》じゃ〜ん！　見《み》つかっちゃったよ〜！　ふたりきりだったのに、じゃましちゃってゴメンね〜」

蒼汰《そうた》に気《き》がついた彼女《かのじょ》は、八重歯《やえば》を見《み》せてニカッと笑《わら》う。

「じゃ、じゃまなんかじゃ――」

「ホントだよ！」

「え？」

あわてて手《て》をふりかけた唯花《ゆいか》をさえぎるように怒鳴《どな》って、蒼汰《そうた》は唯花《ゆいか》の手《て》をとった。

「いくぞ！」

「え？　ま、待《ま》ってよ、どこに!?」

ピンポンパンポーン

『残《のこ》り時間《じかん》、４分《ぶん》21秒《びょう》、風見今日子《かざみきょうこ》、６年《ねん》２組《くみ》の教室《きょうしつ》で児童《じどう》にまぎれていたところを発見《はっけん》。残《のこ》り、３名《めい》だ！』

火暮《かくれ》の放送《ほうそう》で告《つ》げられた残《のこ》り時間《じかん》は、まだたっぷりある。

おどろいている唯花《ゆいか》にむかって、蒼汰《そうた》は力強《ちからづよ》くいいきった。

「体育館《たいいくかん》！」

「さっきの人《ひと》がメンバーで、唯花《ゆいか》のいった『体育館《たいいくかん》』をあんなにあっさり否定《ひてい》したってことは、体育館《たいいくかん》にいるかもしれないだろ！」

あやまれそうな雰囲気《ふんいき》をぶちこわした今日子《きょうこ》は、本当《ほんとう》にじゃまでしかなかった。

くそう、と思《おも》いながら、蒼汰《そうた》は体育館《たいいくかん》にむかって階段《かいだん》をかけおりたのだった。

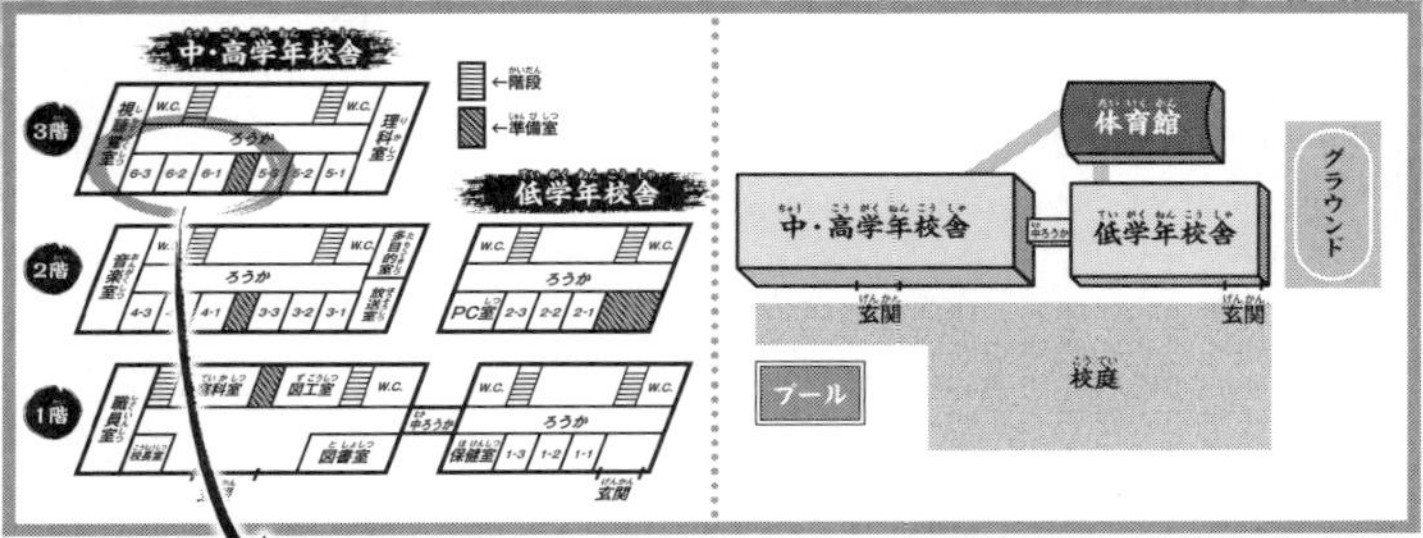

中《ちゅう》・高学年校舎《こうがくねんこうしゃ》3階《かい》

【6年《ねん》2組《くみ》の教室《きょうしつ》のなか】
にて見《み》つかる

風見《かざみ》今日子《きょうこ》 脱落《だつらく》

前半《ぜんはん》残《のこ》り時間《じかん》 **04:21**

いろんな人《ひと》に話《はな》しかけすぎて、
逆《ぎゃく》に不審《ふしん》に思《おも》われてしまった！

残《のこ》り3/6人《にん》

五《ご》　もしかして楽勝《らくしょう》？

「すごい、これはすごいぞ……！　全員前半《ぜんいんぜんはん》で見《み》つけちゃうんじゃないか!?」

ぞくぞくと放送《ほうそう》される発見情報《はっけんじょうほう》に、４年《ねん》２組《くみ》の**林健太**《はやしけんた》のテンションはあがりっぱなしだ。

前半《ぜんはん》はまだ４分以上《ぶんいじょう》あるというのに、もう３人《にん》も見《み》つけている。

「俺《おれ》たちの動《うご》くろうかは、もうもらったも同然《どうぜん》だよな!?」

自分《じぶん》がいま歩《ある》いているろうかが、ウィィーン、と動《うご》いている様子《ようす》を想像《そうぞう》して、健太《けんた》は足《あし》をじたばたさせた。細《ほそ》い目《め》をさらに細《ほそ》めて、顔《かお》をくしゃくしゃにしてよろこぶ。

「よーしよしよし。いいぞいいぞ。このまま俺《おれ》たち小学生《しょうがくせい》の力《ちから》を見《み》せつけてやるぜ！」

うかれ気分《きぶん》の健太《けんた》は、ろうかのまんなかでビシッとポーズをきめた。

いままで調《しら》べた場所《ばしょ》は、ろうかの両《りょう》はしにある掃除用具《そうじようぐ》入《い》れと、多目的室《たもくてきしつ》。

音楽室《おんがくしつ》にむかおうと思《おも》ったところで、先《さき》に日葵発見《ひまりはっけん》の放送《ほうそう》がかかったのだ。

「紙一重《かみひとえ》だったってことは、だ。つまりは俺《おれ》がさがしてたら、俺《おれ》が見《み》つけてたよな！」

ふんふんと鼻歌《はなうた》を歌《うた》いながら、はねるように階段《かいだん》をおりる。

健太《けんた》がつぎに目指《めざ》しているのは図書室《としょしつ》だ。

中《ちゅう》・高学年校舎《こうがくねんこうしゃ》の１階《かい》にあるのは、家庭科室《かていかしつ》と図工室《ずこうしつ》、それから職員室《しょくいんしつ》と校長室《こうちょうしつ》と図書《としょ》室《しつ》だ。

そのなかで、健太《けんた》は図書室《としょしつ》に目《め》をつけていた。

「図書室《としょしつ》って本棚《ほんだな》たくさんあるもんな！　ぜったいあのなかのどこかにいると思《おも》うんだよな！　それかあの図書《としょ》カウンターのなかとか！」

健太《けんた》は４年間《ねんかん》ずっとクラスの図書委員《としょいいん》に立候補《りっこうほ》して、落選《らくせん》しつづけている。

理由《りゆう》は「本好《ほんず》きな子《こ》がなるほうがいいと思《おも》います」や「健太《けんた》くんは図書室《としょしつ》でうるさくしそうだよね」とみんながいうからだ。

たしかに健太《けんた》は本《ほん》が好《す》きなわけじゃない。

文章《ぶんしょう》だけの本《ほん》を読《よ》んでいると眠《ねむ》くなるし、漫画《まんが》のほうがずっと楽《たの》しい。

だけど、健太《けんた》が好《す》きなのは、いつも図書委員《としょいいん》をしている女《おんな》の子《こ》なのだ。

「図書委員《としょいいん》になったら、俺《おれ》だって図書室《としょしつ》でしずかにできるっての！」

そういいながら、健太《けんた》はいきおいよく図書室《としょしつ》の扉《とびら》をスライドさせた。

バァンッと、大《おお》きな音《おと》がなる。

「やべっ！」

と、思《おも》ったけれど、図書室《としょしつ》のなかでは、すでにたくさんの子《こ》どもたちが話《はな》しながらさがしまわっていたから、健太《けんた》が怒《おこ》られることはなかった。

「ふー、あぶないあぶない。っと、こんなことしてる場合《ばあい》じゃないな。また先《さき》こされちゃったらカッコ悪《わる》いからな！」

すでにテーブルの下《した》や、本棚《ほんだな》は調《しら》べられている。

だけど陽川小学校《ひかわしょうがっこう》の図書室《としょしつ》はけっこう広《ひろ》い。

すみからすみまで調《しら》べるとなると、結構《けっこう》な手間《てま》がかかりそうだ。

ふみ台《だい》を使《つか》わないと、一番上《いちばんうえ》の段《だん》の本《ほん》に手《て》がとどかないくらいの大《おお》きな本棚《ほんだな》が3つ、奥《おく》の壁際《かべぎわ》に配置《はいち》されていて、そのほかにも、低学年《ていがくねん》の子《こ》たちが読《よ》みそうな本《ほん》があつめられた小《ちい》さな本棚《ほんだな》が8つもある。

図書室《としょしつ》のまんなかには、読書《どくしょ》スペースとして円形《えんけい》のテーブルが４つおかれている。

それから、入《い》り口《ぐち》の近《ちか》くには大《おお》きな図書《としょ》カウンター。

「みんなが本棚《ほんだな》をさがしてるなら、奇《き》をてらった場所《ばしょ》をさがしてやるぜ！」

ほかの人《ひと》が、さがしていないところはどこだろう。

と、カウンターの横《よこ》に、掃除用具《そうじようぐ》入《い》れがあることに気《き》がついた。

「よし！　そこだ!!」

つぎの発見《はっけん》は俺《おれ》がする。

健太《けんた》ははりきりながら、図書室《としょしつ》のはしにある掃除用具《そうじようぐ》入《い》れに手《て》をのばした。

ギィイ、ときしむ音《おと》をたてて扉《とびら》をあける。

「いない、か……、と見《み》せかけて〜!?」

モップが立《た》てかけられていた板《いた》を強《つよ》く何度《なんど》も押《お》してみる。

だが、ガコッガコッとうるさい音《おと》がして、図書室《としょしつ》をさがしていたみんなから注目《ちゅうもく》されてしまっただけだった。さすがにうるさくしすぎたのか、めいわくそうな顔《かお》をむけられる。

「あんなとこに入《はい》れるわけないじゃんね」

「だよねぇ……」

しらけた目《め》をむけられるが、健太《けんた》はめげない。

「くっそー！　こういうところにかくれる場所《ばしょ》を作《つく》ってんじゃなかったのかよー！」

音楽室《おんがくしつ》ではキャビネットの裏《うら》にいたということだったから、図書室《としょしつ》では掃除用具入《そうじようぐい》れの裏《うら》に似《に》たような空間《くうかん》を作《つく》っているかもと思《おも》ったのに。

髪《かみ》の毛《け》をかきまわしてくやしがりながらも、健太《けんた》はすぐに顔《かお》をあげる。

「んじゃあ、つぎはっと」

引《ひ》きずらないのが健太《けんた》のよいところだ。

ぐるりとあたりを見《み》まわして、健太《けんた》は図書《としょ》カウンターに近《ちか》づいた。

木《き》でできた大《おお》きなカウンターは横《よこ》に長《なが》い。

その一角《いっかく》に、パタンパタンと動《うご》く扉《とびら》がつけられていて、図書委員《としょいいん》と先生《せんせい》だけがなかにはいれる特別仕様《とくべつしよう》だ。図書委員《としょいいん》になったら、健太《けんた》も好《す》きな子《こ》とならんで、この特別《とくべつ》な場所《ばしょ》にはいれるはずだった。

「まあ、来年《らいねん》にむけての予行練習《よこうれんしゅう》ってことで」

いいながら、健太《けんた》がカウンターにはいろうとしたとき。

「カウンターの下《した》にもいなかったぞ！」

「じゃあ図書室《としょしつ》にもいないってことか!?」

図書《としょ》カウンターの下《した》にもぐりこんでいたらしい上級生《じょうきゅうせい》が、バタバタとでてきた。

てっきりあとはそこくらいだろうと思《おも》っていた健太《けんた》は、肩透《かたす》かしをくらった気分《きぶん》だ。

「マジかよ～。え～。俺《おれ》もほかのとこさがしにいこうかな～」

そう思《おも》っていきかけて、健太《けんた》はふと足《あし》を止《と》めた。

「やっぱり、記念《きねん》に1回《かい》くらい図書《としょ》カウンターのなかにはいっておくかな！」

図書委員《としょいいん》になれなかった健太《けんた》は、そちら側《がわ》にはいったことはいままでない。

いつも好《す》きな子《こ》が、そこに座《すわ》っているのをちらりと見《み》ていたくらいだ。

「もし俺《おれ》が来年図書委員《らいねんとしょいいん》になれたら、ここに俺《おれ》が座《すわ》るだろー？　そんでー、あの子《こ》がとなりに座《すわ》ったりなんかしてー」

一緒《いっしょ》にならんで、ふたりで図書《としょ》の貸《か》し出《だ》し業務《ぎょうむ》をしている自分《じぶん》を想像《そうぞう》する。

図書《としょ》カウンターのなかは思《おも》ったより広《ひろ》くなかった。

ふたりでならんで座《すわ》ったら、ちょっと肩《かた》がぶつかることもあるかもしれない。

「それで、貸《か》し出《だ》しカードを落《お》としちゃって、それを俺《おれ》が『あ、いいよ、俺《おれ》がひろう。あたらしいカードはこっち』とかいって、こう、さー」

健太《けんた》はいいながら、いつも見《み》ていた動《うご》きをまねてみた。

近《ちか》くにいた児童《じどう》がヘンなものを見《み》るような目《め》を向《む》けてくる。

が、健太《けんた》はまるで気《き》にせずつづける。

「『あたらしいカードはここだよ』、なんつってー！」

くねくねとおかしな動《うご》きで、新品《しんぴん》の貸《か》し出《だ》しカードがはいっているはずのひきだしをあけてみる。

その子《こ》が図書委員《としょいいん》としてここにいるときだけ、健太《けんた》は図書室《としょしつ》で本《ほん》を借《か》りるから、それくらいは覚《おぼ》えていた――はずなのに。

「――あれ？」

そこに、なぜか1枚《まい》も貸《か》し出《だ》しカードがはいっていない。

まちがえたかかな、とてれくさくなりながら、横《よこ》のひきだしをあけてみたけど、やっぱり貸《か》し出《だ》しカードはどこにもなかった。

「ん？　あれ？　そんなことあるか？」

健太《けんた》はカウンターの全部《ぜんぶ》のひきだしをあけてみる。ない。

貸《か》し出《だ》しカードどころか、メモ用紙《ようし》も、鉛筆《えんぴつ》も、なにもひきだしにはいっていない。

「なんか、これ、ヘンだ」

健太《けんた》はごくりと息《いき》をのんだ。

どこがどうとはわからないけど、いつもの図書《としょ》カウンターとはぜったいにちがう。

「くそーっ！　もしかしてこれ、ニセモノかよ!?　ここで一緒《いっしょ》に仕事《しごと》する想像《そうぞう》しちゃった時間返《じかんかえ》せバカヤロー！」

なんだか急《きゅう》に悔《くや》しくなって、健太《けんた》は図書《としょ》カウンターを調《しら》べつくしてやるときめた。

小学生男子《しょうがくせいだんし》の純情《じゅんじょう》なめんなよ！

これがいつものあの子《こ》がいるカウンターじゃないのなら、ちょっと乱暴《らんぼう》にたしかめてやるからな！

とりあえずひきだしのなかには、さすがにかくれない。

でもカウンターがまるごとニセモノなのだとしたら、このどこかにいるはずだ。

「ここか？　こっちか？　くっそー！　どこにかくれてんだよ！」

健太《けんた》はカウンターの下《した》にもぐりこんで、手当《てあ》たりしだいに押《お》してみた。

すると、１ヶ所《かしょ》だけ、やけにベコベコ動《うご》く場所《ばしょ》がある。

「ここだ！」

確信《かくしん》して、健太《けんた》はカウンターの下《した》に手《て》をはわせた。

ベコッと押《お》して、薄《うす》くあいたすきまに両手《りょうて》の指《ゆび》をさしいれる。

「せーのっ！」

力《ちから》いっぱいひっぱると、板《いた》は簡単《かんたん》にカコンッとはずれた。

そうして、なかにいたのは、**体育座《たいいくずわ》りをしたマッシュルームヘアーの小柄《こがら》な男子《だんし》。**

「…………」

置《お》き物《もの》のように無言《むごん》でうつむくその男子《だんし》に、健太《けんた》は人《ひと》さし指《ゆび》をつきつけてやった。

「見《み》ーつけた！」

みつけたっ!!

ピンポンパンポーン

『残《のこ》り時間《じかん》、3分《ぷん》12秒《びょう》、戸隠三雲《とがくれみくも》、図書室《としょしつ》の図書《としょ》カウンター下《した》で発見《はっけん》！　残《のこ》り、2名《めい》。なかなかのハイペースだ。諸君《しょくん》、いいカンをしているな！　はっはっは！』

火暮《かくれ》の放送《ほうそう》は、はたしてどちらの味方《みかた》なのかよくわからない。

だけど、早《はや》くも半数以上《はんすういじょう》のかくれんぼ協会《きょうかい》メンバーを、陽川小学校《ひかわしょうがっこう》の児童《じどう》たちが見《み》つけられているのはたしかだった。

まだ前半戦《ぜんはんせん》で、後半戦《こうはんせん》にはいってもいないというのに、だ。

「新日本《しんにほん》かくれんぼ協会小学生支部《きょうかいしょうがくせいしぶ》なんて、たいしたことないな！」

健太《けんた》がほえるようにそういって笑《わら》う。

陽川市立陽川小学校《ひかわしりつひかわしょうがっこう》のほかの児童《じどう》たちの心《こころ》のなかにも、同《おな》じ思《おも》いがうかびはじめていた。

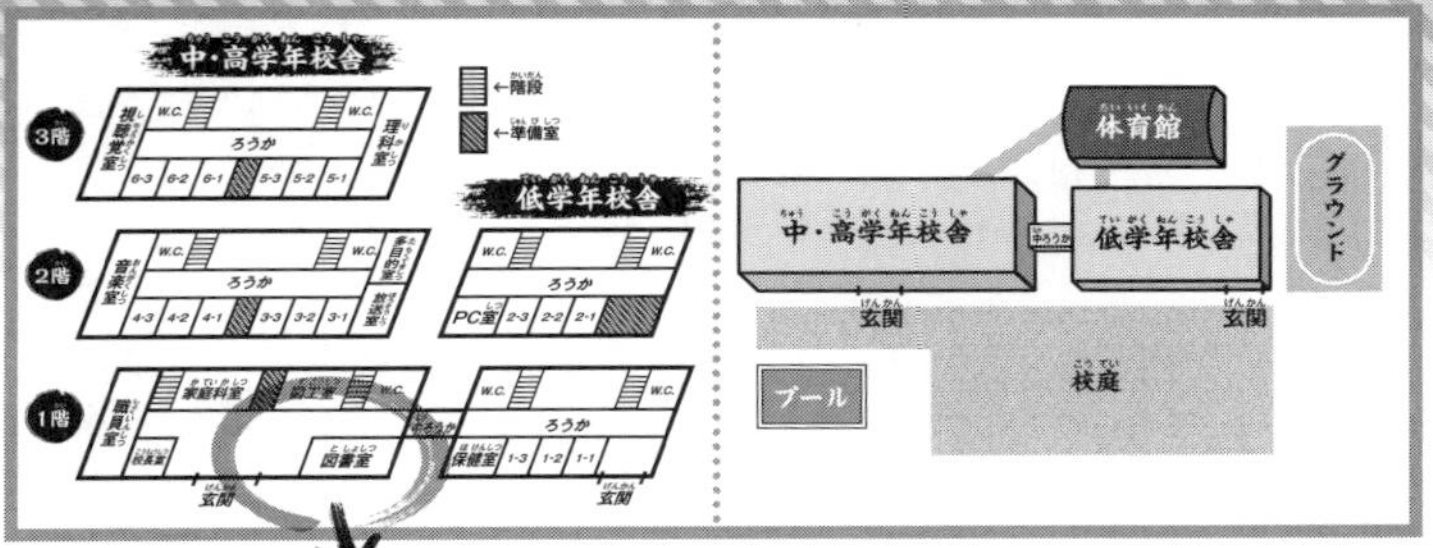

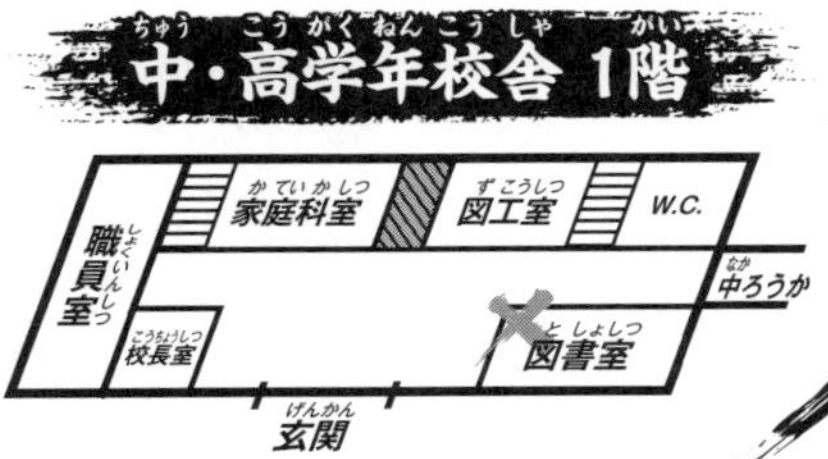

【図書室《としょしつ》の図書《としょ》カウンター下《した》】
にて見《み》つかる

戸《と》隠《がくれ》三《み》雲《くも》
脱《だつ》落《らく》

前半《ぜんはん》残《のこ》り時間《じかん》 03:12

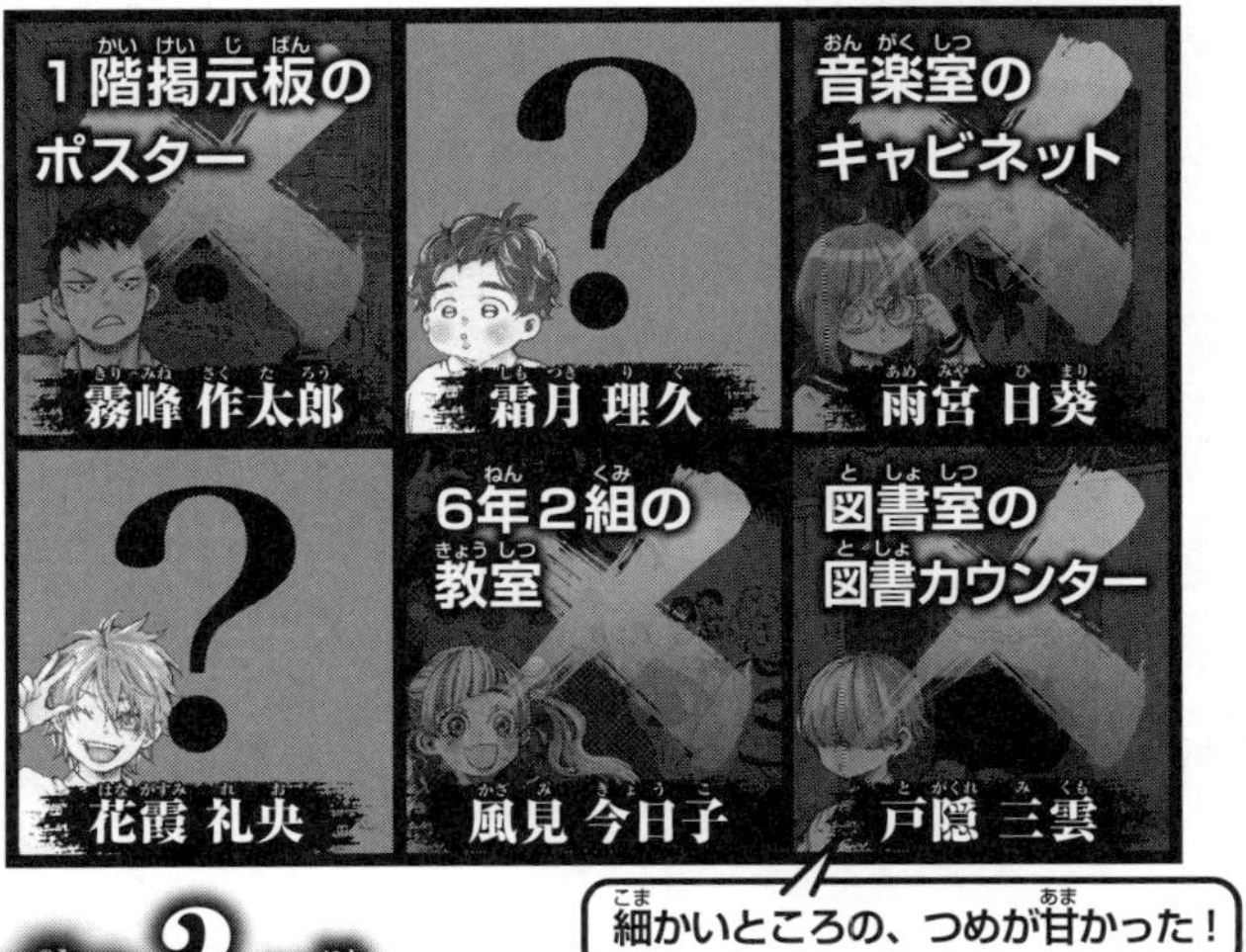

残《のこ》り2/6人《にん》

六《ろく》 反撃《はんげき》はここから

前半戦《ぜんはんせん》も4人目《にんめ》までは、怒涛《どとう》の発見《はっけん》ラッシュがつづいていた。

このまま全員見《ぜんいんみ》つけられてしまうんじゃないかと、きっとだれもが思《おも》ったにちがいない。

だがしかし。

残《のこ》り2分《ふん》をすぎたいま、校舎《こうしゃ》のなかや外《そと》をさがす児童《じどう》たちの顔《かお》には、少《すこ》しずつあせりの色《いろ》が見《み》えはじめていた。

「ねえ、どこにもいないんだけど！」

「だれか、あれから見《み》つけたやついねーの!?　見《み》つけてたら放送入《ほうそうはい》るんだっけ!?」

「マジで見《み》つけられないー！」

「ヒントくれ、ヒントー！」

教室《きょうしつ》やろうかですれちがう児童《じどう》たちが、頭《あたま》をかかえながらいきかう様子《ようす》が増《ふ》えている。

その様子《ようす》を、学校《がっこう》のいたるところに設置《せっち》したかくしカメラから送《おく》られてくる映像《えいぞう》で確認《かくにん》しつつ、火暮《かくれ》は「ふっふっふ」と満足《まんぞく》げな笑《え》みをうかべていた。

「いいぞいいぞ！　みんなが本気《ほんき》で考《かんが》えているこの雰囲気《ふんいき》！　これぞ本気《ほんき》のかくれんぼ！」

陽川市立陽川小学校《ひかわしりつひかわしょうがっこう》の放送室《ほうそうしつ》にいる火暮《かくれ》が拳《こぶし》をふりあげる。

すでに見《み》つかったメンバーも、ここで一緒《いっしょ》にモニタリングをしている。

「いや～、でもみんな見《み》つかるの早《はや》くなかった～？　超《ちょう》ウケたんだけど～！」

「今日子《きょうこ》もいい感《かん》じに挙動不審《きょどうふしん》だったぞ！」

グッと親指《おやゆび》を立《た》てた火暮《かくれ》の右《みぎ》どなりに座《すわ》っているのは、前半《ぜんはん》で見《み》つかってしまった今日子《きょうこ》だ。

「ニャハハ～ッ！　なんかすごい怪《あや》しんでくる男子《だんし》いて、マジ～!?　ってなっちゃったんだよね～。んで、あわてて教室逃《きょうしつに》げこんで、コケたらカツラ外《はず》れちゃって～。でも超楽《ちょうたの》しかったから、まーいっかって感《かん》じ～！」

「…………」

反対《はんたい》どなりに座《すわ》ったまま、無言《むごん》で画面《がめん》を見《み》つめているのは同《おな》じく前半《ぜんはん》で見《み》つかった日葵《ひまり》。

「それにしても、作《さく》ッち超《ちょう》ウケた〜！　本気《ほんき》でかくれて2分《ふん》で見《み》つかる作《さく》ッち、サイコ〜！」

「……本気《ほんき》でかくれて、2分《ふん》で見《み》つかる……カップラーメンよりも早《はや》い俺《おれ》……」

今日子《きょうこ》の言葉《ことば》にブツブツとつぶやく作太郎《さくたろう》は、なぜか部屋《へや》のうしろのすみにいた。やけに落《お》ちこんだ様子《ようす》でしゃがみこみ、大《おお》きな体《からだ》をこれでもかというほど小《ちい》さくしている。

床《ゆか》に指《ゆび》を押《お》しつけて、ぐりぐりとのの字《じ》を書《か》いていた。

「もー。作《さく》ッちいつまでイジケてんのー。だれも作《さく》ッちのせいになんてしてないってば」

「でも、俺《おれ》が……俺《おれ》が、全部作《ぜんぶつく》ったのに……」

キャビネットの改造《かいぞう》も、図書《としょ》カウンターの製作《せいさく》も、担当《たんとう》はすべて作太郎《さくたろう》だ。三雲《みくも》にたのんで本物《ほんもの》そっくりに着色《ちゃくしょく》してもらったキャビネットを何度《なんど》も今日子《きょうこ》たちに自慢《じまん》して、「見《み》てみろよこれ〜！　この汚《よご》れ具合《ぐあい》も完璧《かんぺき》！　形《かたち》も完璧《かんぺき》！　俺《おれ》ってば、しっかり再現《さいげん》できまくったぜー！」と、作太郎《さくたろう》は胸《むね》をはっていた。

その渾身《こんしん》の作《さく》にかくれていたふたりが早々《そうそう》に見《み》つかったのだから、作太郎《さくたろう》の落《お》ちこみ具《ぐ》合《あい》といったらない。

「まあ作《さく》ッちってヘンなところ大雑把《おおざっぱ》にするクセあるし〜。どーせ、設置《せっち》のときになにかミスったとかじゃな〜い？　作品《さくひん》のせいじゃないって〜」

落《お》ちこむ作太郎《さくたろう》をはげますように、明《あか》るい声《こえ》でいいながら今日子《きょうこ》がパタパタと手《て》をふった。

カウンターやキャビネットを運《はこ》んだのも、ピアノを動《うご》かしたのも、力仕事《ちからしごと》をしたのは今日子《きょうこ》なのに、だ。大雑把《おおざっぱ》を地《じ》でいく今日子《きょうこ》は、自分《じぶん》のせいかもしれないなんて、1ミリも考《かんが》えないタイプなのだ。

そして、作太郎《さくたろう》はといえば、自信家《じしんか》のようで実《じつ》は繊細《せんさい》な真逆《まぎゃく》のタイプ。

「……いや、でも……そもそも俺《おれ》が、移動《いどう》させたピアノの床《ゆか》の日焼《ひや》け跡《あと》まで気《き》にしていたら、日葵《ひまり》はもっと長《なが》くあそこにかくれていられたかもしれないだろ……そう考《かんが》えたら、もう俺《おれ》はなんでここにいるんだろう的《てき》な……」

「なんでって見《み》つかったからですよ、作太郎《さくたろう》くん」

うしろをふりむきもしないまま、日葵《ひまり》がずばりとこたえると、作太郎《さくたろう》はとうとう「ごめぇぇん！」と大声《おおごえ》で泣《な》きはじめてしまった。

「俺《おれ》のせい……俺《おれ》のせいなんだ……、全部俺《ぜんぶおれ》の……、うぅっ、うぐぅぅ……あっ、それに！　三雲《みくも》！　三雲《みくも》の図書《としょ》カウンターだってそうだよ！　俺《おれ》がもっとつなぎ目《め》が目立《めだ》たないように、がっつりヤスリをかけまくっておけば、こんなことには！　う、ぐぅぅ……ひぃーん！」

「や〜、あれは偶然《ぐうぜん》っしょ〜。作《さく》ッちのせいじゃないな〜い」

今日子《きょうこ》が乱暴《らんぼう》にはげますも、作太郎《さくたろう》のネガティブな思考《しこう》はとまらない。

「ごめん、三雲《みくも》ー！　ごめん、みんな！　俺《おれ》のせいだ、ひぃぃーん!!」

「…………いや、べつに」

「ニャッハッハッハ〜ッ！　作《さく》ッち、超《ちょう》めんどくさいモードじゃ〜ん！　作《さく》ッちって、自《じ》信家《しんか》のくせに打《う》たれ弱《よわ》いよね。超《ちょう》ウケる〜！」

キャッキャと笑《わら》って前《まえ》をむく今日子《きょうこ》にかまわず、作太郎《さくたろう》は頭《あたま》にキノコが生《は》えそうないきおいで落《お》ちこんでいる。

作太郎《さくたろう》が一度《いちど》こうなってしまったら、もう自分《じぶん》で浮上《ふじょう》してくるまで放《ほう》っておくしかないということを、メンバーのみんなは知《し》っていた。

作太郎《さくたろう》は、いつもかくれんぼ前《まえ》は自信《じしん》にあふれているのに、見《み》つかると自分《じぶん》のせいにしてぐずぐずとひきずるめんどうなタイプなのだ。

三雲《みくも》にいたっては、たぶん作太郎《さくたろう》の話《はなし》などまるで聞《き》いていない。

スタスタと作太郎《さくたろう》のそばまでいくと、そのまま感情《かんじょう》の見《み》えない表情《ひょうじょう》で作太郎《さくたろう》を見《み》おろした。

「……そんなことより、作太郎《さくたろう》くん」

「そんなことより!? 俺《おれ》の反省《はんせい》なんて、しょせんそんなことなんだ! ひぃぃん、ひぃぃ――」

「そ・ん・な・こ・と・よ・り」

「――ひゃいっ」

めずらしく語気《ごき》を強《つよ》めた三雲《みくも》にいわれて、作太郎《さくたろう》は舌《した》をかんだ。

前髪《まえがみ》のすきまから、三雲《みくも》のするどい視線《しせん》がギラリと作太郎《さくたろう》をいぬいている。

日葵《ひまり》も今日子《きょうこ》も、火暮《かくれ》でさえも、三雲《みくも》の雰囲気《ふんいき》に息《いき》をのんだ。

だが、それすらもまるで気《き》にせず、三雲《みくも》はしずかに言葉《ことば》をつづけた。

「……掲示板《けいじばん》でさ、かくれているとき」

「……はい？」

「もしかして……まばたき、した？」

「…………」

三雲《みくも》は、作太郎《さくたろう》が見《み》つかったときの状況《じょうきょう》を聞《き》いている。

そう理解《りかい》したとたん、作太郎《さくたろう》は「ひぃっ……ぃん」とヘンな泣《な》き声《ごえ》を出《だ》しながら、ゆっくりと座《すわ》りなおして正座《せいざ》した。

（――やばい。した。俺《おれ》、まばたき、した……よな？）

しかもその前《まえ》に、普通《ふつう》に返事《へんじ》もしてしまった。

三雲《みくも》が作太郎《さくたろう》にした顔面《がんめん》ペイントは、ある意味完璧《いみかんぺき》だった。

目鼻口《めはなくち》の凹凸《おうとつ》や、光《ひかり》の屈折《くっせつ》による見《み》えかたの変化《へんか》も考慮《こうりょ》して、影《かげ》やハイライトをつけていったし、しっかり目《め》を閉《と》じてさえいれば、素通《すどお》りしてしまいそうな出来《でき》だったのだ。

（ためしに支部《しぶ》の会議場《かいぎじょう》に貼《は》られたときは、全員《ぜんいん》わからないくらいだったんだしな……）

本番前《ほんばんまえ》の腕《うで》だめしにと、作太郎《さくたろう》は一度《いちど》、新日本《しんにほん》かくれんぼ協会小学生支部《きょうかいしょうがくせいしぶ》の会議場《かいぎじょう》にポスターとしてかくれてみた。

そのときは数時間《すうじかん》ほど、メンバーのだれにも気《き》づかれなかったくらいの出来《でき》だ。

それどころか「作《さく》ッち、今日《きょう》おやすみー？」「作太郎《さくたろう》くん、寝坊《ねぼう》かなぁ？」などと、みんなが作太郎《さくたろう》ポスターの前《まえ》でくちぐちにいっていたくらいだ。

種明《たねあ》かしをしたときに、「うわっ！　キモッ……、ごほんっ、す、すごいです。さすが三雲《みくも》くんのペインティングですね」と開口一番《かいこういちばん》いったのは、日葵《ひまり》だ。

「作太郎《さくたろう》くん……」

「……ひぃぃん」

しずかに作太郎《さくたろう》を呼《よ》ぶ三雲《みくも》の目《め》はぶあつい前髪《まえがみ》にかくれていてこちらからは見《み》えない。が、いつもは無口《むくち》な三雲《みくも》もこういうときは、ちょっと怖《こわ》い。

「ねぇ……作太郎《さくたろう》くん……まばたき……」

「しししした！　ごめん！　ごめんなさい！　しかもその前《まえ》にうっかり俺《おれ》、『もーいーかい』って聞《き》かれて『もーいーよ』ってこたえちゃいましたぁぁ！　ひぃぃん」

作太郎《さくたろう》は三《み》つ指《ゆび》たてて、三雲《みくも》にビシッと土下座《どげざ》した。

素直《すなお》に作太郎《さくたろう》があやまると、三雲《みくも》はジッと作太郎《さくたろう》を見《み》つめ、それからしずかに立《た》ちあがった。

「み、三雲《みくも》、せっかくペイントしてくれたのに、本当《ほんとう》に、ごめ――」

「……うん。僕《ぼく》のせいじゃないなら、いい」

ぼそっとそういった三雲《みくも》の声《こえ》は怒《おこ》っていなかった。

むしろホッとしたような感《かん》じさえある。

どうやら三雲《みくも》は、自分《じぶん》のペイントのせいで作太郎《さくたろう》が見《み》つかってしまったのかと、心配《しんぱい》していただけだったようだ。自分《じぶん》のせいでだれかに迷惑《めいわく》をかけたくないという考《かんが》えかたは、三雲《みくも》も作太郎《さくたろう》も同《おな》じだったのだ。

「おお～？　なんかまるくおさまった感《かん》じ～？」

今日子《きょうこ》がからかうように笑《わら》ったそのとき。

「かくれんぼで声《こえ》をだしたから見《み》つかるとか、前代未聞《ぜんだいみもん》ですよ。作太郎《さくたろう》くん、そこはしっかり反省《はんせい》してください」

日葵《ひまり》がするどいツッコミをいれた。

「血《ち》も涙《なみだ》もないな、日葵《ひまり》！」

「血《ち》と涙《なみだ》があっても、かくれんぼは見《み》つかったら負《ま》けのゲームなので」

「日葵《ひまり》ッち、マジ鬼《おに》～！　でもそれ真理《しんり》～！」

「あぁぁぁぁ、俺《おれ》が、俺《おれ》、お、お……ひぃぃぃんっ！」

大《おお》きな体《からだ》をこれでもかとちぢこまらせた作太郎《さくたろう》のなげきは、まだまだ長《なが》くつづきそうだ。

火暮《かくれ》はやれやれと肩《かた》をすくめて、モニター画面《がめん》にむきなおった。

モニターをいくつかきりかえていく。

「さて、もうそろそろ前半戦《ぜんはんせん》がおわるぞ。見《み》つかっていないメンバーは、と――」

礼央《れお》、理久《りく》の順《じゅん》に、カメラがかくれている付近《ふきん》の様子《ようす》を映《うつ》しだした。

礼央《れお》のかくれている場所《ばしょ》の近《ちか》くは、そもそも人《ひと》が少《すく》ないようだ。

が、少《すこ》しでもタイミング悪《わる》く動《うご》いてしまえば、遠目《とおめ》からでも見《み》つかってしまう可能性《かのうせい》が一番高《いちばんたか》い。

そして、理久《りく》のかくれている場所《ばしょ》――体育館《たいいくかん》には――

「むむ、人《ひと》が流《なが》れてきているな」

いろいろな教室《きょうしつ》をさがし終《お》えた児童《じどう》たちが、少《すこ》しずつ、体育館《たいいくかん》へとあつまる動《うご》きを見《み》せている。

火暮《かくれ》は通信用《つうしんよう》のインカムをつかんで、話《はな》しかける。

「理久《りく》、聞《き》こえるか？　いや、合図《あいず》はいい。そのままで！　いま、児童《じどう》たちの一団《いちだん》がそちらにむかっている。前半残《ぜんはんのこ》り時間《じかん》もあと少《すこ》しだ。健闘《けんとう》を祈《いの》る！　ガンバ！　以上《いじょう》！」

一方的《いっぽうてき》にそういって、通信《つうしん》をきる。

と、今日子《きょうこ》が思《おも》わずふきだして、火暮《かくれ》の背中《せなか》をバシバシとたたいてきた。

「ニャハハ〜ッ！　火暮《かくれ》ッち、なにムダにプレッシャーかけてんの！　やば〜！　超《ちょう》ウケるんだけど〜！」

「理久《りく》くん、プレッシャーに弱《よわ》いですからね？」

「え？　いや、俺《おれ》は単《たん》に理久《りく》に現状報告《げんじょうほうこく》をしただけであって――」

児童《じどう》たちの様子《ようす》が映《うつ》るモニターの上部《じょうぶ》に表示《ひょうじ》されたタイマーは、時《とき》を刻《きざ》みつづけている。

前半終了《ぜんはんしゅうりょう》まであと1分《ぷん》。

（もぉぉ！　火暮《かくれ》くんってば、なんで不安《ふあん》にさせるようなことというの、もぉぉ！）

火暮《かくれ》から一方的《いっぽうてき》に教《おし》えられた事実《じじつ》のせいで、霜月理久《しもつきりく》の体《からだ》はこれでもかというほど、ガチガチにかたくなっていた。

ただでさえ、理久《りく》がかくれているこの場所《ばしょ》では、視界《しかい》は真《ま》っ暗《くら》でなにも見《み》えないから不《ふ》安《あん》なのに、こっちにむかっている児童《じどう》がいるといわれたせいで、よけい不安《ふあん》になってくる。

すぐにでも「見《み》ーつけた！」といわれるような気《き》がしてしまうではないか。

（前半《ぜんはん》あと少《すこ》しってどれくらい？　火暮《かくれ》くんの少《すこ》しとボクの少《すこ》しはちがうこと多《おお》いし、本《ほん》当《とう》はまだけっこうあったりするのかなぁぁ!?）

もうずいぶん長《なが》いことかくれているような気《き》もするし、まだそんなにたっていないような気《き》もする。

理久《りく》がかくれている場所《ばしょ》は、体育館《たいいくかん》――のどこか――

理久専用《りくせんよう》にくりぬかれたスポンジのなかに、理久《りく》はみっちりとつまるようにしてかくれていた。

（ほんっとーにボクぴったりに作《つく》ってくれるんだもんなぁ、今日子《きょうこ》ちゃん……！　ぜんぜん動《うご》けないし……っ！）

せめてなにかあまいものでも食《た》べられたら、気《き》もちを落《お》ちつけられると思《おも》うのに、身動《みうご》きができないくらいぴったりとくりぬかれたスポンジにおさまってしまっているから、それもできない。

（ポケットに、アメが……っ、はいってるのに、ぜんぜんとれないぃぃっ）

ちょっと大《おお》きめにくりぬいてほしいという理久《りく》のねがいを却下《きゃっか》したのは、もちろん日葵《ひまり》だ。

いわく、

『理久《りく》くん、よけいな空間《くうかん》があると動《うご》いちゃうじゃないですか。本物《ほんもの》にならんで立《た》ってもらうんですから、動《うご》くとバレやすくなりますよ。却下《きゃっか》で』

日葵《ひまり》の意見《いけん》はもっともだけど、それに悪《わる》ノリした今日子《きょうこ》が、理久《りく》の体《からだ》のサイズをはかりまくって、ぴったりにくりぬいて作《つく》ってしまった。そのせいで、理久《りく》の体《からだ》は最初《さいしょ》からスポンジの一部《いちぶ》だったのかと思《おも》うほどそこにはまっている。

（でもこれ、倒《たお》されたら終《お》わりなんだよなぁ。ど――――か！　乱暴《らんぼう》にあつかわれま

せんようにぃぃぃ……！　あっ、でもその前《まえ》におなか鳴《な》りそう……っ）
いつもは四六時中《しろくじちゅう》なにかしら食《た》べている理久《りく》のおなかは、そろそろ限界《げんかい》をむかえそうだ。
（うわーん、だれもきませんようにぃぃっ！）
クルルル、と悲《かな》しい音《おと》をだしたおなかを、心《こころ》のなかでそっとなでて、理久《りく》は祈《いの》る思《おも》いでギュッと目《め》をつむったのだった。

七《しち》 ギリギリの決着《けっちゃく》

前半《ぜんはん》の残《のこ》り時間《じかん》があと1分《ぷん》となったころ。

蒼汰《そうた》は、唯花《ゆいか》と一緒《いっしょ》に、体育館《たいいくかん》のなかにいた。

いや、正確《せいかく》には体育館《たいいくかん》に到着《とうちゃく》してから、もうずいぶんたっている。

だけどいっこうに見《み》つからない。

体育館《たいいくかん》を見《み》まわした唯花《ゆいか》が、ねえねえ、と蒼汰《そうた》に声《こえ》をかけた。

「なんだか人《ひと》が増《ふ》えてきたみたいね」

「ほんとだ。さっきから発見《はっけん》されたっていう放送《ほうそう》もかからなくなってるし、もう前半《ぜんはん》の時間《じかん》もあんまりないよな……！」

教室内《きょうしつない》をあらかたさがしおわった子《こ》どもたちが、まだ見《み》ていない場所《ばしょ》をもとめて、体育館《たいいくかん》にやってきているようだった。

だけど体育館《たいいくかん》のなかは、蒼汰《そうた》たちだってとっくにいろいろさがしまわっている。天井《てんじょう》の高《たか》い体育館《たいいくかん》の壁《かべ》も走《はし》りながらたたきまわったし、掃除用具入《そうじようぐい》れにもおかしなところはなにもなかった。

ステージの横《よこ》からあがればいける2階《かい》だって、蒼汰《そうた》がのぼって確認《かくにん》した。

ステージ上《じょう》の暗幕《あんまく》のなかにかくれていやしないかと、一枚一枚《いちまいいちまい》めくってみたりもした。

まさかと思《おも》いながら、天井《てんじょう》のライトだって目《め》をほそめながら確認《かくにん》したけど、そのどこにもかくれている人《ひと》はいなかった。

「……やっぱり体育館《たいいくかん》にはいないのかも」

唯花《ゆいか》がぽつりと自信《じしん》なさそうな声《こえ》をだす。

これだけさがしても見《み》つからないのだ。

最初《さいしょ》に体育館《たいいくかん》といった唯花《ゆいか》の自信《じしん》がなくなりそうなのもわかる。

だけど、と蒼汰《そうた》は思《おも》った。

「唯花《ゆいか》が体育館《たいいくかん》だと思《おも》ったのには理由《りゆう》があるんだろ？」

真剣《しんけん》な顔《かお》で聞《き》くと、唯花《ゆいか》は一瞬《いっしゅん》おどろいたような顔《かお》をした。

それからちょっと顔《かお》を赤《あか》くしながらメモ帳《ちょう》をとりだし、パラパラとめくりだす。

「え、ええと……学校全部《がっこうぜんぶ》を使《つか》ってかくれんぼって、私《わたし》だったらどこにかくれるかなって考《かんが》えてたんだけど、普通《ふつう》は家庭科室《かていかしつ》とかどこかの教室《きょうしつ》かなって。だけど、きっと、外《そと》のほうとか、こういう体育館《たいいくかん》みたいに広《ひろ》いだけに見《み》えるところのどこかに、かくれ場所《ばしょ》を見《み》つけてかくれられたら、すごく強《つよ》いんじゃないかって思《おも》って――」

たしかにほかの教室《きょうしつ》のほうが、いかにもかくれんぼはしやすそうだ。

だけど唯花《ゆいか》のいうとおり、一見《いっけん》どこにもかくれる場所《ばしょ》なんかなさそうなところに、さっきからかくれんぼ協会《きょうかい》のメンバーはかくれている。

外《そと》とか、体育館《たいいくかん》とか――

唯花《ゆいか》の推理《すいり》は、きっと正《ただ》しい。

さっきだって正《ただ》しかった。

だから、だれがなんといったって、蒼汰《そうた》はそう信《しん》じる。

「いーじゃん！　それならもうちょっと体育館《たいいくかん》さがしてみようぜ！」

前半《ぜんはん》はあとちょっとだし、最後《さいご》までねばってみるのもわるくない。

だけど、唯花《ゆいか》は「でも」とこまったように視線《しせん》を動《うご》かす。

蒼汰《そうた》はグッと親指《おやゆび》を立《た》てて見《み》せた。

「音楽室《おんがくしつ》のときも、唯花《ゆいか》はちゃんと違和感《いわかん》に気《き》づいてたろ。俺《おれ》がもっとちゃんと調《しら》べてたら、見《み》つけられてたかもしれないじゃん。体育館《たいいくかん》、怪《あや》しいなって思《おも》ったんだろ。なら、ここを俺《おれ》は全部《ぜんぶ》調《しら》べつくす！」

ドンッと胸《むね》をたたいた蒼汰《そうた》を、唯花《ゆいか》は唇《くちびる》をとがらせて見《み》あげた。

「……勉強《べんきょう》オタクになんて、たのまれたってごめんなんじゃなかったの？」

「いや、だから、あれは〰〰〰」

ごめん、という言葉《ことば》が口《くち》もとまででかかっているけど、そこから先《さき》がむずかしい。

まわりにほかの児童《じどう》もいるから、なんとなく気恥《きは》ずかしいのもあるし、なんだかすごくむずがゆいのだ。

言葉《ことば》の代《か》わりに、蒼汰《そうた》は顔《かお》の前《まえ》でパチンと両手《りょうて》をあわせて見《み》せた。

「………誕生日《たんじょうび》プレゼントも、実《じつ》は、ちゃんと家《いえ》にあるし」

文房具《ぶんぼうぐ》好《ず》きな唯花《ゆいか》がよろこびそうなノートとシャープペンのセット。

ぼそぼそと口《くち》のなかでつぶやいた蒼汰《そうた》を、唯花《ゆいか》はジィイッと見《み》つめつづけ――

「ぷっ！　あははは っ！」

それから、こらえきれないというかのようにふきだした。

「な、なんだよ!?」

「蒼汰《そうた》、ヘンな顔《かお》してる。おでこにこんなにシワよってるんだもん！　そのシャツの犬《いぬ》と同《おな》じ顔《かお》！」

「な、なんだよ！　唯花《ゆいか》だって、こーんな目《め》をして俺《おれ》のこと見《み》てたくせに！」

売《う》り言葉《ことば》に買《か》い言葉《ことば》。

ついつい、両手《りょうて》で自分《じぶん》の目《め》をぎゅっと上《うえ》につりあげて唇《くちびる》をつきだして見《み》せた蒼汰《そうた》に、唯《ゆい》花《か》がまた頬《ほお》をムッとふくらませる。

「あっ、いや、そこまでは、ひどくなかったかな～……」

また考《かんが》えるより先《さき》に、口《くち》が勝手《かって》に動《うご》いてしまった。

さっと視線《しせん》をそらした蒼汰《そうた》は、おそるおそる唯花《ゆいか》の様子《ようす》を盗《ぬす》み見《み》る。

「唯花《ゆいか》、その、俺《おれ》――」

と、唯花《ゆいか》はくるりと背中《せなか》をむけた。

また怒《おこ》らせたかと思《おも》ったが、唯花《ゆいか》はクスクス笑《わら》っているだけのようだ。

くるりとふりむくと、蒼汰《そうた》の着《き》ているシャツの犬《いぬ》と蒼汰《そうた》の顔《かお》を見《み》くらべて、ふふ、と笑《わら》い、

「もういいよ。ね、じゃあ体育館《たいいくかん》、一緒《いっしょ》にさがそ！」

「お、おう！」

いうなり走《はし》りだした唯花《ゆいか》に、あわてて蒼汰《そうた》もあとを追《お》う。

なぜかはよくわからないが、唯花《ゆいか》は怒《おこ》っていないようだ。

「よぉしっ！」

そうとわかれば、蒼汰《そうた》の心《こころ》にもがぜんやる気《き》がわいてきた。

「体育館《たいいくかん》だな！」

天井《てんじょう》や壁《かべ》や、舞台《ぶたい》にかくれていないとしたら、あとは用具室《ようぐしつ》しかないと思《おも》う。

だけど、用具室《ようぐしつ》は一番《いちばん》はじめに調《しら》べていた。

「時間《じかん》いっぱい、もう一回《いっかい》めちゃくちゃこまかくさがしてみるかー！」

ガラガラと重《おも》たい扉《とびら》をあけて、蒼汰《そうた》たちは用具室《ようぐしつ》にはいる。

体操《たいそう》マットはまるめて縦《たて》にならべられている。

薄《うす》い体操《たいそう》マットのなかに、人《ひと》がかくれられるようなスペースなんてあるわけはない。

運動用《うんどうよう》のソフトマットもきちんと壁《かべ》に立《た》てかけられて、ふたつしっかりならべられていた。

ポンポンと上《うえ》から軽《かる》くたたいてみたが、マットの感触《かんしょく》におかしなところはないようだ。

真《ま》ん中《なか》にはとび箱《ばこ》が３つ。

「これは、分解《ぶんかい》しなくてもだいじょうぶだよな？」

「うん。段《だん》のすきまからのぞけばわかると思《おも》うの！」

バスケットボールとバレーボールがはいっているカゴを確認《かくにん》しながら唯花《ゆいか》がこたえる。

「オッケ！」

かさなる段《だん》のすきまを目《め》をほそめてのぞきこんでみたけれど、なかにはだれもいないようだ。

「もしかして、用具室《ようぐしつ》の壁《かべ》を改造《かいぞう》して、かくれ場所《ばしょ》を作《つく》っていたりしないよな!?」

「あるかも！　図書《としょ》カウンターとか、キャビネットとか、作《つく》りかえてたみたいだし！」

「だよな！」

ひらめいた蒼汰《そうた》たちは、ふたりで片《かた》っぱしから用具室《ようぐしつ》の壁《かべ》をバンバンとたたいてみた。

音《おと》や感触《かんしょく》におかしなところは見《み》あたらない。

「やっぱりいないのか……？」

蒼汰《そうた》がそう思《おも》ったときだった。

「蒼汰《そうた》！　ここ！　前《まえ》からこんな板《いた》ってあったっけ!?」

唯花《ゆいか》が大《おお》きな声《こえ》で蒼汰《そうた》を呼《よ》んだ。

はじかれたように唯花《ゆいか》にかけよる。

用具室《ようぐしつ》をさがしていたほかの子《こ》どもたちも、いっせいに唯花《ゆいか》のほうを見《み》る。

「ここ！　ここだけ色《いろ》があたらしくない!?」

「ほんとだ！」

黄色《きいろ》っぽく汚《よご》れたほかの壁《かべ》とちがって、やけにきれいな色《いろ》をした壁《かべ》がある。

「あやしくない!?」

「あやしい！　ていうか、ここじゃね!?　ここだろ！　ここにいる！」

剝《は》がれた壁《かべ》のむこうにひそむだれかの姿《すがた》を思《おも》いうかべて、蒼汰《そうた》の心臓《しんぞう》がドキドキとうるさくなってきた。

触《さわ》ってたしかめようとして――、となりのクラスの男子《だんし》が、ふたりに声《こえ》をかけてきた。

「そこ、去年《きょねん》、障害物競走《しょうがいぶつきょうそう》のハードルが倒《たお》れてこわれたんだよ。それでその部分《ぶぶん》だけ工事《こうじ》たのんだって、部活《ぶかつ》の先輩《せんぱい》がいってた」

たしか陸上部《りくじょうぶ》にはいっている男子《だんし》だ。

「そ、そうだったんだ……」

思《おも》いもよらない事実《じじつ》に、唯花《ゆいか》の声《こえ》が一気《いっき》にしぼむ。

期待《きたい》が落胆《らくたん》に変《か》わる音《おと》が聞《き》こえるみたいだ。

「いや、でもそうと見《み》せかけてここにいるって可能性《かのうせい》も――」

蒼汰《そうた》がその板《いた》を押《お》してみようと手《て》をのばしたときだった。

ピンポンパンポーン

『前半終了《ぜんはんしゅうりょう》だー！　児童《じどう》のみんなは、一度《いちど》各教室《かくきょうしつ》へもどってくれたまえ。これから5分間《ふんかん》の休憩《きゅうけい》となるぞ！』

火暮《かくれ》の校内放送《こうないほうそう》が響《ひび》きわたった。

みんな一瞬《いっしゅん》動《うご》きを止《と》めて、それからとまどったようにざわつきはじめる。

「休憩《きゅうけい》、いるか？」

だれかのそんなつぶやきが聞《き》こえた。

が、まるでそれにこたえるように、火暮《かくれ》のアナウンスはつづく。

『ち・な・み・に！』

いきなり声《こえ》がボリュームアップして、マイクからキーンという音《おと》が聞《き》こえた。

『ズルはなしだぞ！　万《まん》が一《いち》、休憩中《きゅうけいちゅう》にもぬけがけしてさがしているものを見《み》つけたら、そのときは、**我々《われわれ》、新日本《しんにほん》かくれんぼ協会《きょうかい》小学生《しょうがくせい》支部《しぶ》の不戦勝《ふせんしょう》となる！**』

ということは、だ。
ちゃんと教室《きょうしつ》にもどらないと、かくれんぼがおわってしまう。
「唯花《ゆいか》！　後半戦《こうはんせん》、もう一回《いっかい》ここさがそうぜ！」
そんなことをさせてたまるか。
唯花《ゆいか》が推理《すいり》した体育館《たいいくかん》に、きっとだれかいるはずだ。
だからぜったいにもっとちゃんとさがしてやる。
蒼汰《そうた》はそう決意《けつい》して、自分《じぶん》の教室《きょうしつ》へともどっていったのだった。

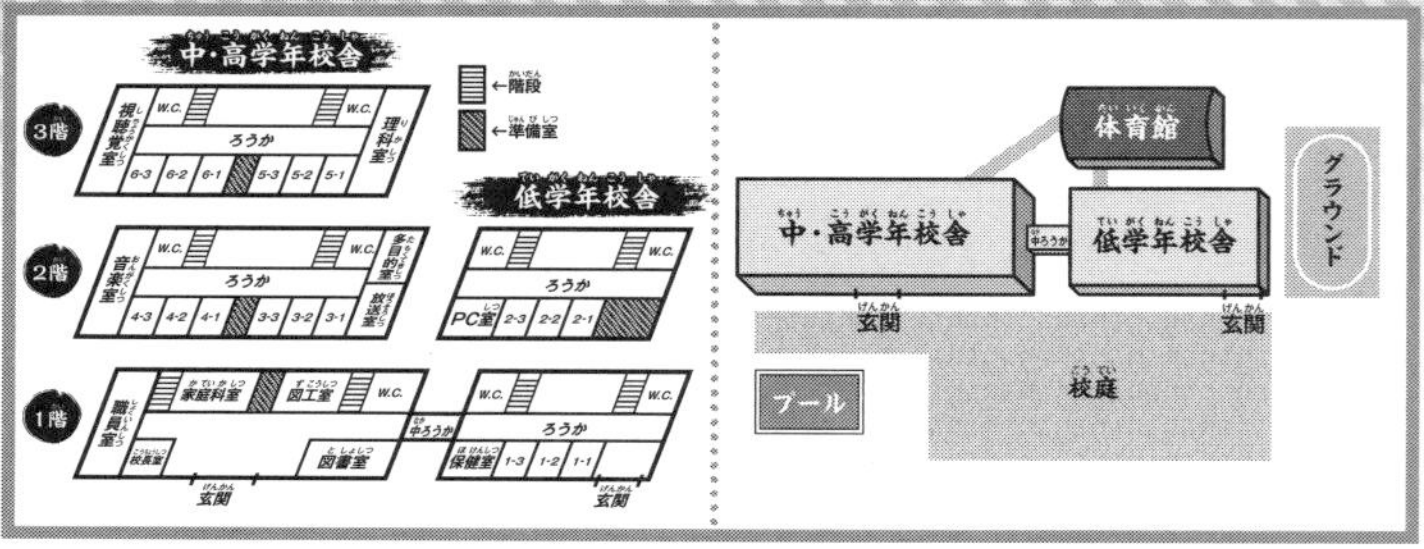

前半《ぜんはん》の結果《けっか》

体育館《たいいくかん》。スポンジをくりぬいてはいっている。
動《うご》いたらバレる？ 倒《たお》されてもバレる？

水《みず》もしたたるイイ男《おとこ》のかくれる場所《ばしょ》…？

残《のこ》り2/6人《にん》

八《はち》 休憩《きゅうけい》は、よゆうと緊張《きんちょう》

ステージは5分間《ふんかん》の休憩時間《インターバル》に突入《とつにゅう》した。

みんながバタバタと教室《きょうしつ》にもどっていく様子《ようす》を放送室《ほうそうしつ》で見《み》つめながら、日葵《ひまり》はホッと息《いき》をつく。

「みなさん、ちゃんと教室《きょうしつ》にもどってくれているようですね」

ズルをしたら、新日本《しんにほん》かくれんぼ協会小学生支部《きょうかいしょうがくせいしぶ》の不戦勝《ふせんしょう》になる――

火暮《かくれ》の放送効果《ほうそうこうか》は絶大《ぜつだい》だったようだ。

これで5分間《ふんかん》だけだが、かくれているメンバーたちは見《み》つかる不安《ふあん》から解放《かいほう》される。

ついさっき、火暮《かくれ》がよけいなことをいったせいで、一瞬《いっしゅん》ビクッとゆれて見《み》えた理久《りく》には、やっと訪《おとず》れた平穏《へいおん》だろう。

「あ、見《み》て見《み》て～！　礼央《れお》ッちすんごい気《き》もちよさそうに動《うご》いてんだけど～！」

と思《おも》ったら、礼央《れお》はのびのびと長《なが》い手足《てあし》をのばして、自由《じゆう》にかくれ場所《ばしょ》を堪能《たんのう》しはじめていた。かくしカメラにむかって、バチンッとウィンクまで決《き》めて見《み》せる。

「は？　なにをしてるんですか。万《まん》が一《いち》っていうこともあるんですよ。休憩時間《きゅうけいじかん》は自由時《じゆうじ》間《かん》じゃないんです。あくまで節度《せつど》をもって心《こころ》と体《からだ》の平穏《へいおん》を――」

「おおっ！　そんな動《うご》きもできるのか！　体《からだ》やわらかいな！　すごいぞ礼央《れお》！」

「火暮《かくれ》くん！　注意《ちゅうい》してくださいっ！」

インカム越《ご》しに褒《ほ》めた火暮《かくれ》の耳《みみ》をひっぱる。

まったく。こんなくだらないことで見《み》つかってしまったら大変《たいへん》じゃないか。

「いたたたたっ！　わかった！　わかった、日葵《ひまり》！　礼央《れお》ーっ！　いったんストップだ！　そういうのはあとにして――、あ、そういう動《うご》きは、見《み》つかったときに華麗《かれい》に披露《ひろう》してみせたらいいんじゃないか!?」

それなら特《とく》に問題《もんだい》はない。

けれど、礼央《れお》はカメラにむかって、ちっちっち、と人《ひと》さし指《ゆび》をふってみせた。

『ノンノン。見《み》つかったときじゃない。僕《ぼく》のオーラがもれちゃったとき、だ――ネ！』

「ニャハハ〜ッ！　礼央《れお》ッち、ウケる〜！」

今日子《きょうこ》がブハッとふきだすと同時《どうじ》に、日葵《ひまり》は画面《がめん》をきりかえた。

胸《むね》に手《て》をあて深呼吸《しんこきゅう》をひとつ。

「それにしても」

画面《がめん》と一緒《いっしょ》に気《き》もちもきりかえて、日葵《ひまり》は真剣《しんけん》な表情《ひょうじょう》になる。

「前半《ぜんはん》で４人《にん》も発見《はっけん》されるとは思《おも》いませんでしたね……」

残《のこ》るメンバーはたったのふたり。

予測《よそく》では、日葵《ひまり》はもっと長《なが》くかくれていられるはずだった。

（作太郎《さくたろう》くんは論外《ろんがい》として、今日子《きょうこ》さん、三雲《みくも》くん、私《わたし》のかくれ場所《ばしょ》は、いいと思《おも》ったんですけど……うーん……）

かくれ場所《ばしょ》の工作《こうさく》をメインで担当《たんとう》したのは作太郎《さくたろう》。

本人《ほんにん》は見《み》つかったのは自分《じぶん》のせいだと、まだうしろでいじけているけれど、作太郎《さくたろう》の工作技術《こうさくぎじゅつ》は、日葵《ひまり》もちゃんとみとめている。

（勘《かん》のするどい子《こ》たちがたまたま近《ちか》くにいた不運《ふうん》でしょうか。あ、でも今日子《きょうこ》さんの場合《ばあい》——）

ちょっとみんなにからみすぎていたせいでもありそうだ。

さがすフリだけでもしていればよかったのに、と録画《ろくが》しておいた動画《どうが》を早送《はやおく》りして見《み》ながら思《おも》う。

「ん〜？　な〜に？　日葵《ひまり》ッち」

「あ、いいえ、なんでも」

思《おも》わずちらりと今日子《きょうこ》を見《み》てしまった日葵《ひまり》は、あわてて顔《かお》をモニターにもどした。

（まあ、でも、かくれ場所《ばしょ》から遠《とお》ざけようとはしてくれていたみたいですね）

自分《じぶん》が一番《ばん》なタイプかと思《おも》っていたけれど、意外《いがい》と仲間《なかま》思《おも》いなのかもしれない。

（……今後《こんご》、めんどうなことにならないといいんですけど）

内心《ないしん》でそんなことを思《おも》いながら、日葵《ひまり》は後半戦《こうはんせん》について考《かんが》えることにした。

（理久《りく》くんのかくれているあたりって、後半《こうはん》にはいると、あらためてこまかく調《しら》べようとするひとが増《ふ》えそうな気《き》も……倒《たお》れないようにがんばってくださいね、理久《りく》くん）

心《こころ》のなかで、きっとプレッシャーと空腹《くうふく》でふるえているだろう理久《りく》にエールを送《おく》る。

（いや、それよりも——）

日葵《ひまり》の一番予想外《いちばんよそうがい》な人物《じんぶつ》は、礼央《れお》だった。

(だって、礼央《れお》くん、全身《ぜんしん》スーツを着《き》てかくれているだけなんですよ!?)

のぞきこんだら、すぐにバレてしまうはずだ。

いいや、のぞきこまなくたって、礼央《れお》が動《うご》けばだれかが気《き》づきそうなものなのに。

(それなのに、どうして前半戦《ぜんはんせん》を無事《ぶじ》に乗《の》りきっているんですかね……)

あんなところにかくれているわけがないと思《おも》われているのか、それとも礼央《れお》が天才的《てんさいてき》なタイミングのよさで、気配《けはい》をかくせているかのどちらかか——……

「礼央《れお》くん、予想《よそう》に反《はん》してダークホース……?」

だけどかくれんぼは、最後《さいご》までなにが起《お》こるかわからない。

後半戦《こうはんせん》がはじまるまで、あと3分《ぷん》。

(とにかく、ふたりともかくれきれますように)

じっとモニターを見《み》つめながら、日葵《ひまり》はぎゅっと手《て》をにぎった。

そのころ、日葵《ひまり》にダークホースと思《おも》われていた礼央《れお》は、コンクリートのフチに腰《こし》をおろして、外《そと》の空気《くうき》を胸《むね》いっぱいに吸《す》いこんでいた。

「いい天気《てんき》だなー！　絶好《ぜっこう》のかくれんぼ日和《びより》じゃないかーい？」

あまり動《うご》きまわらないよう火暮《かくれ》に止《と》められてしまったから、長《なが》い手足《てあし》をぐんっと大《おお》きくのばすにとどめる。

礼央《れお》のかくれている場所《ばしょ》にも、前半《ぜんはん》、何人《なんにん》かさがしにきていた。

が、そのたびに、礼央《れお》はまるで置《お》き物《もの》のようにじっと動《うご》かずやりすごしていたのだ。

「我《われ》ながら、この素晴《すば》らしいオーラを完全《かんぜん》に消《け》し去《さ》れるって、才能《さいのう》だと思《おも》う……自分《じぶん》の光《ひか》りかがやく才能《さいのう》が――怖《こわ》い！」

いいながら、自分《じぶん》の体《からだ》を抱《だ》きしめる。

「まったく、日葵《ひまり》ちゃんは僕《ぼく》にぴったりのかくれ場所《ばしょ》を推薦《すいせん》してくれたよ――ネ！」

かくしカメラのある方向《ほうこう》へ、バチンとウィンクを決《き》めながらいう。

水《みず》もしたたるイイ男《おとこ》だとわかっているからこそのかくれ場所《ばしょ》。

4年生《ねんせい》とは思《おも》えない頭《あたま》のよさだと、礼央《れお》はあらためて感嘆《かんたん》のため息《いき》をついた。

「それにしても、みんなどんどん捕《つか》まっちゃったんだよね？　――はっ！　もしかしてこれも日葵《ひまり》ちゃんの作戦《さくせん》なのか――ナ!?」

礼央《れお》は不意《ふい》にひらめいてしまった。

「僕《ぼく》を残《のこ》してさっさと見《み》つかってくれて、僕《ぼく》を――この！　僕《ぼく》を！　最後《さいご》の最後《さいご》に見《み》つけさせる作戦《さくせん》!?　題《だい》して、『花霞礼央《はながすみれお》・オンステージ～水《みず》の饗宴《きょうえん》、かがやくオーラをきみたちとともに』!?　ええ、やだなぁも～、それならそうといってくれたらよかったのに！　みんな！　大好《だいす》きだ――ヨ！」

勝手《かって》に都合《つごう》のいい解釈《かいしゃく》をして、礼央《れお》は額《ひたい》にピースをあててウィンクをした。

後半戦《こうはんせん》がはじまるまで、あと1分《ぷん》30秒《びょう》。

礼央《れお》は休憩時間《きゅうけいじかん》のあいだ中《じゅう》、「どういうパフォーマンスで飛《と》びだすか」ということを、ただひたすら考《かんが》えていた。

グ~キュルルゥ~……

人気《ひとけ》のなくなった体育館《たいいくかん》に、どこからともなく腹《はら》の鳴《な》る音《おと》が聞《き》こえてくる。

（びっっくりした……っ！　びっくりした……！）

一生懸命《いっしょうけんめい》動《うご》きを止《と》めていた理久《りく》は、声《こえ》もだせないくらいおどろいていた。

（めちゃくちゃ人《ひと》いた！　最後《さいご》のほう、めちゃくちゃ人《ひと》いたよ、みんなぁぁ！）

キュルルルゥ！

理久《りく》の心《こころ》の声《こえ》にこたえるように、元気《げんき》よく腹《はら》も鳴《な》る。

最初《さいしょ》はしずかだった体育館《たいいくかん》に、パラパラと人《ひと》がはいりはじめたのは、開始《かいし》から半分《はんぶん》くらいがすぎたころだった。

体育館《たいいくかん》を調《しら》べにくるなら、理久《りく》のいる場所《ばしょ》はとうぜんさがす。

それは想定内《そうていない》だった。

でもそれですら、実際《じっさい》に人《ひと》の気配《けはい》がしてきたら、理久《りく》は緊張《きんちょう》で心臓《しんぞう》が破裂《はれつ》してしまうんじゃないかと思《おも》ったほどだ。

しかもだれかの手《て》が、理久《りく》のかくれている場所《ばしょ》にふれた。

ポンポン、と軽《かる》くたたかれる振動《しんどう》を感《かん》じたときには、泣《な》きそうになっていたほどだ。

(あのままひきずりたおされてたら、ボクきっと声《こえ》でちゃってた！　あれであきらめてくれたからよかったけどさぁぁ！)

キュルルルルン！

ホッとしたのもつかの間《ま》、前半《ぜんはん》がそろそろ終《お》わろうかというときになって、やたらと体《たい》育館《いくかん》をさがす児童《じどう》が増《ふ》えてきた気《き》がする。

(なんか、さっきはだれかがここの壁《かべ》をうたがってたし、もうこんなの、後半《こうはん》はじまったら、きっとボクすぐ見《み》つかっちゃうよぉぉ！)

でもどうせ見《み》つかるなら、最後《さいご》のひとりにはなりたくない。

あとひとりだ、ぜったいにさがせと鬼気《きき》せまる児童《じどう》たちの想《おも》いと、あと少《すこ》しだからぜったいかくれきってくれとねがうメンバーたちの想《おも》いを受《う》けとめる心《こころ》の強《つよ》さを、あいにく理《り》久《く》はもちあわせていない。

(まだふたり残《のこ》ってるんだもん。礼央《れお》くんもいるし、ボクが見《み》つかってもだいじょうぶだよね？　礼央《れお》くんなら、「最後《さいご》のひとりになるなんて、僕《ぼく》はやっぱり特別《とくべつ》だ——ネ！」とかいってよろこんでくれそうだし……、そうだ！　後半《こうはん》がはじまったら、ちょっと咳《せき》ばらいしてみたりなんかしちゃったりして……）
そんなうしろむきの考《かんが》えをして、理久《りく》は「ダメだ！」と思《おも》いなおした。
（ダメだダメだ！　みんなだってドキドキしているはずだよ！　ボクは、なんて、ずるいことを考《かんが》えちゃったんだ！　新日本《しんにほん》かくれんぼ協会小学生支部《きょうかいしょうがくせいしぶ》に選《えら》ばれたのに！）
心《こころ》のなかで、きゅっと強《つよ》く拳《こぶし》をにぎる。
かくれんぼの楽《たの》しさを全国《ぜんこく》の小学生《しょうがくせい》に伝《つた》えるのが、理久《りく》たちの使命《しめい》なのだ。

グ〜キュルル

かくれんぼは楽《たの》しい。

キュルルルゥ……

かくれるのも、見《み》つけるのも。

グゥウウ

それは、全員《ぜんいん》が全力《ぜんりょく》でかくれんぼをするからだ。

キュゥゥ……

わざと見《み》つかるような動《うご》きをするなんてありえない。

グゥグゥグゥ！

さがしている人《ひと》に失礼《しつれい》なことをするところだった。

キュルルル、グゥ

（そうだよ。みんなはルールを守《まも》って、ちゃんと教室《きょうしつ》にもどってくれているんだもん！）

だから、理久《りく》も最後《さいご》まで、ここで、ちゃんとかくれきってみせるんだ。

決意《けつい》をあらたにした理久《りく》の耳《みみ》に、後半開始《こうはんかいし》を告《つ》げるチャイムが聞《き》こえてきた。

グ～キュルルル……

「でも、おなか、すいた、なぁぁ……」

理久《りく》のおなかが答《こた》えるようにまた鳴《な》った。

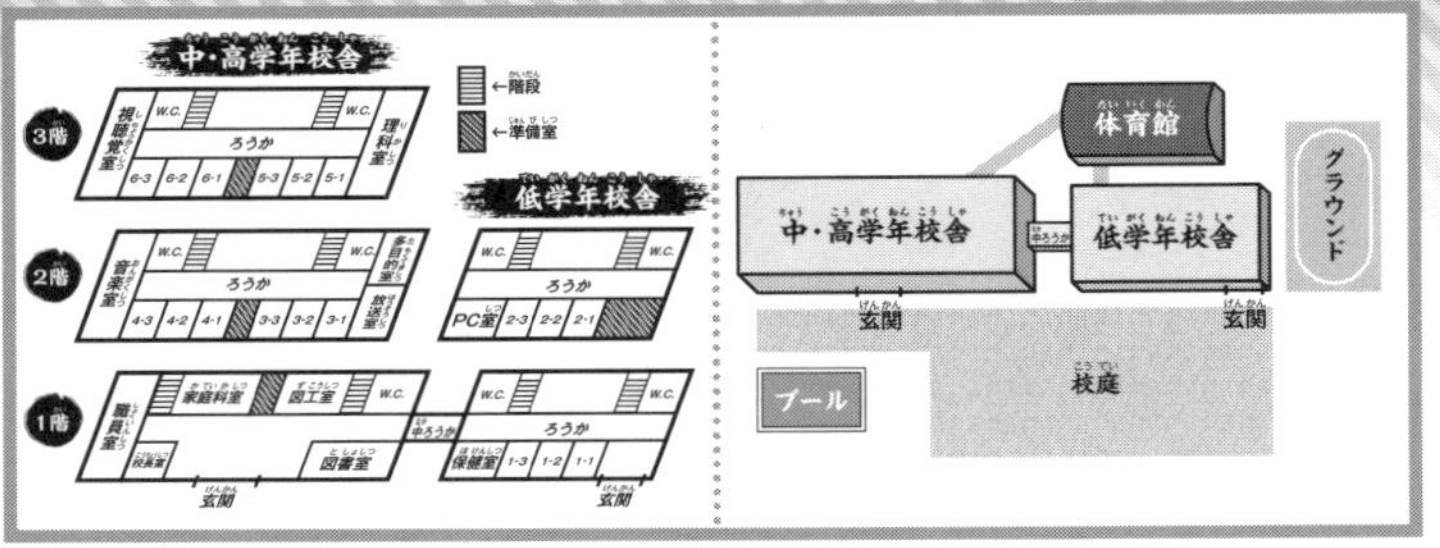

休憩時間《きゅうけいじかん》

・体育館《たいいくかん》のなかにいる
・倒《たお》される可能性《かのうせい》がある
・生徒《せいと》が壁《かべ》をやけにうたがっていたところって……？

オンステージができる場所《ばしょ》…？

残《のこ》り2/6人《にん》

九《きゅう》 後半《こうはん》10分《ぷん》、いよいよスタート！

ピンポンパンポーン

『おまたせした！　ただいまより、学校《がっこう》かくれんぼ、後半《こうはん》を開始《かいし》するぞ！　全校児童《ぜんこうじどう》の諸《しょ》君《くん》、かくれんぼを再開《さいかい》してくれたまえ！』


後半開始《こうはんかいし》の放送《ほうそう》がかかる。

それを合図《あいず》に、蒼汰《そうた》は唯花《ゆいか》とふたりで教室《きょうしつ》をでた。

宣言《せんげん》どおり、もう一度《いちど》体育館《たいいくかん》にいくつもりだ。

階段《かいだん》をおりて進《すす》んでいると、べつの学年《がくねん》の子《こ》たちとすれちがう。

「ねえねえ、視聴覚室《しちょうかくしつ》ってもうさがした？」

「さがしたー！　でもあそこなにもないから無駄骨《むだぼね》だったよ〜」

「あ〜、わかる〜！　多目的室《たもくてきしつ》も似《に》たような感《かん》じだもんね！」

悔《くや》しそうにいいながらさがしまわる児童《じどう》たちの会話《かいわ》はよくわかる。

陽川小学校《ひかわしょうがっこう》の視聴覚室《しちょうかくしつ》は、普通《ふつう》の教室《きょうしつ》をふたつくらいつなげたような広《ひろ》い教室《きょうしつ》だ。

だけど正面《しょうめん》に大《おお》きなスクリーンと黒板《こくばん》があるだけで、机《つくえ》もイスもなにもない。

ちょっとした本《ほん》や資料《しりょう》をおいておく机《つくえ》はあるけど、それだってひとつだけだし、折《お》りたたみ式《しき》。机《つくえ》そのものをとりかえるんじゃなければ、かくれることはできそうにない。

多目的室《たもくてきしつ》も似《に》たようなつくりになっている。

「音楽室《おんがくしつ》さ〜、オレもさがしたけど見《み》つけらんなかった。見《み》つけたやつ、すげーよな！」

「だよね！　みんなよく見《み》つけられるなぁ」

1階《かい》におりると、4年生《ねんせい》の上履《うわば》きをはいた子《こ》たちが楽《たの》しそうにいいながら、外《そと》に飛《と》びだしていくところだった。

（わかる。わかるぞ。でもそれ、唯花《ゆいか》が最初《さいしょ》に気《き》づいたんだ。すごいんだからな！）

ほこらしい気《き》もちで下級生《かきゅうせい》たちを見送《みおく》って、蒼汰《そうた》は唯花《ゆいか》のほうを見《み》た。

「ん？　なに？」

「体育館《たいいくかん》、ぜったい見《み》つけるからな！」

「え？　でもあそこにいるって決《き》まったわけじゃ――」

「いる！　唯花《ゆいか》が気《き》になった場所《ばしょ》なんだから！」

きっぱりといいきった蒼汰《そうた》のうしろから、同《おな》じクラスの男子《だんし》が笑《わら》いながら近《ちか》づいてきた。

「なんだよ、蒼汰《そうた》〜。結城《ゆうき》とばっかさがしてるみたいじゃん。やっぱりおまえ、結城《ゆうき》のこと好《す》きなんじゃねーの？」

ニヤニヤとからかう気満々《きまんまん》の態度《たいど》でいわれて、気《き》まずそうに、唯花《ゆいか》がスッと視線《しせん》をそらす。そのままひとりで先《さき》にいってしまいそうな唯花《ゆいか》の手《て》をつかんで、蒼汰《そうた》はキッと相手《あいて》を見《み》かえした。

「当《あ》たり前《まえ》だろ。唯花《ゆいか》は俺《おれ》の大切《たいせつ》な友《とも》だちなんだから」

「え――」

はっきりいったら、なんだか心《こころ》がスッとした。

ぽかんと口《くち》をあけてしまったクラスメイトをその場《ば》において、

「いくぞ、唯花《ゆいか》！」

「え――、あ、う、うん！」

蒼汰《そうた》はいきおいよくそういうと、唯花《ゆいか》と一緒《いっしょ》に体育館《たいいくかん》へと急《いそ》いだのだった。

だが、蒼汰《そうた》と唯花《ゆいか》が体育館《たいいくかん》にむかってからしばらく。

だれかが見《み》つかったという放送《ほうそう》はいっこうに流《なが》れない。

１分《ぷん》、２分《ふん》、３分《ぷん》が経過《けいか》しようとしたところで、みんなのなかに、少《すこ》しだけあきらめムードのようなものがにじみはじめた。

「ねー、だれか見《み》つけたー？」

「いないよー」

「本当《ほんとう》にかくれているのかよー！」

前半《ぜんはん》のような熱気《ねっき》がうすまっていくのが、放送室《ほうそうしつ》のモニター越《ご》しでもよくわかる。

日葵《ひまり》は眉間《みけん》にしわをよせて、火暮《かくれ》を見《み》た。

「あんまりよくない傾向《けいこう》ですね。かくれんぼのモチベーションが――」

『諸君《しょくん》！』

いいかけた日葵《ひまり》をさえぎって、火暮《かくれ》はとつぜんマイクのスイッチをオンにした。

それから、キーン、とマイクがわれるような大《おお》きな声《こえ》で、

『ずいぶん苦戦《くせん》しているようなので、かくれんぼで楽《たの》しくさがすポイントを教《おし》えてあげようじゃあないか！』

「ちょっ、火暮《かくれ》くん!?」

『その1、自分《じぶん》だったらどこにかくれるかを考《かんが》える。考《かんが》えているとワクワクしてくるぞ！

その2、灯台下暗《とうだいもとくら》し。つまり、意外《いがい》に身近《みぢか》な場所《ばしょ》にかくれているかもしれないぞ、ということだ！』

まちがってはいないけれど、微妙《びみょう》に曖昧《あいまい》なアドバイスを送《おく》った火暮《かくれ》は、最後《さいご》にニヤリと

唇《くちびる》のはしをあげた。

なんだかイヤな感《かん》じがする——と、日葵《ひまり》が思《おも》ったときにはおそかった。

『ちなみに、**ひとりは建物《たてもの》のなか、ひとりは建物《たてもの》の外《そと》**にいる。残《のこ》り時間《じかん》はあと7分《ふん》31秒《びょう》もある。動《うご》くろうかがほしいかな？　では！　健闘《けんとう》を祈《いの》る！』

とんでもないヒントを全校児童《ぜんこうじどう》に伝《つた》えた火暮《かくれ》は、はっはっは、と高笑《たかわら》いをしたのだった。


「あとふたり！　あとふたり！」

「ひとり、外《そと》だって！　私《わたし》、グラウンドいってみる！」

「さがせー！」

少《すこ》しだけあきらめムードがただよっていた校舎《こうしゃ》に活気《かっき》がもどる。

みんなは目《め》をキラキラさせて、各教室《かくきょうしつ》をすみからすみまでさがしている。

その様子《ようす》を放送室《ほうそうしつ》のモニターで見学《けんがく》しながら、火暮《かくれ》はニコニコとうれしそうだ。

「わかってますか、火暮《かくれ》くん。私《わたし》たちがいま、圧倒的《あっとうてき》に不利《ふり》だってこと」

そんな火暮《かくれ》のとなりに座《すわ》る日葵《ひまり》が、あきれたような視線《しせん》をむける。

「もちろんだとも！　だけど見《み》てみたまえ、みんなのあの楽《たの》しそうな顔《かお》を！　俺《おれ》はこれが見《み》たくてかくれんぼをしているといっても過言《かごん》ではない！」

「……まあ、かくれんぼの楽《たの》しみかたに、ルールなんてありませんけど……」

あまりにしあわせそうな笑顔《えがお》でいいきられて、めずらしく日葵《ひまり》が口《くち》ごもる。

たしかにかくれんぼの楽《たの》しみかたは人《ひと》それぞれだ。

だが、見《み》つける側《がわ》が達成感《たっせいかん》を得《え》るためにも、それなりに難《むずか》しいかくれかたが必要《ひつよう》なのだと日葵《ひまり》は思《おも》っている。

なんの苦労《くろう》もしないで見《み》つけられるひとしかいなかったら、はたして「楽《たの》しいかくれんぼ」といえるだろうか。

それに、かくれる側《がわ》だって、見《み》つからなかった達成感《たっせいかん》を楽《たの》しみたい。

そのためには今回《こんかい》の経験《けいけん》を生《い》かして、つぎのかくれんぼでは見《み》つからないようにする工《く》夫《ふう》が必要《ひつよう》だ。

「やっぱさ〜？　学校《がっこう》に最初《さいしょ》からあった本物《ほんもの》の備品《びひん》に、キョーコたちが作《つく》ったモノをつなげるってときはさ〜？　塗《ぬ》りが重要《じゅうよう》だとキョーコは思《おも》うわけ」

モニター前《まえ》に座《すわ》る火暮《かくれ》と日葵《ひまり》のうしろでは、今日子《きょうこ》が作太郎《さくたろう》と（むりやりその輪《わ》にいれられた）三雲《みくも》に熱弁《ねつべん》をふるっている。

先《さき》に見《み》つかったときの意見交換《いけんこうかん》は、新日本《しんにほん》かくれんぼ協会小学生支部《きょうかいしょうがくせいしぶ》に在籍《ざいせき》する小学生《しょうがくせい》にとっては重要《じゅうよう》だ。

（おぉっ。たまにはちゃんと考《かんが》えてるんですね、今日子《きょうこ》さん）

背中《せなか》で今日子《きょうこ》の声《こえ》だけを聞《き》きながら、日葵《ひまり》は目《め》をまるくした。

いつも「超《ちょう》ウケる」「ヤバい」「楽《たの》しければなんでもよくな〜い？」を三種《さんしゅ》の神器《じんぎ》のように使《つか》っている今日子《きょうこ》が、かくれかたについて考《かんが》えていたなんて。

「今回《こんかい》の発見《はっけん》って、たぶん塗《ぬ》りの『ここヘンじゃね？』みたいなとこからはじまってんのかなーって、キョーコ考《かんが》えてみたんだけど～」

日葵《ひまり》が感心《かんしん》しながら会話《かいわ》の内容《ないよう》に耳《みみ》をかたむけていたそのとき。

「…………は？」

地《ち》を這《は》うような三雲《みくも》の声《こえ》がした。

絵《え》や塗《ぬ》りかたについて、人一倍《ひといちばい》負《ま》けずぎらいな三雲《みくも》の、イライラスイッチが押《お》されてしまったらしい。

「……塗《ぬ》りは完璧《かんぺき》だったよ。今日子《きょうこ》ちゃんが装置《そうち》を移動《いどう》させたとき、コンマ数《すう》ミリズレておいたとかじゃないかな。僕《ぼく》、そういうことのほうが重要《じゅうよう》だと思《おも》うけど」

「ないなーい！　だってキョーコの仕事《しごと》は完全無欠《かんぜんむけつ》～」

けれどまったく気《き》にしていないらしい今日子《きょうこ》は、「ニャハハ～ッ！　三雲《みくも》ッちってば、超《ちょう》ウケる～！」と楽《たの》しそうに笑《わら》っている。

「いや、ちがうぞ三雲《みくも》……お、俺《おれ》の……っ！　俺《おれ》の作《つく》りがあまかったんだ……！　三雲《みくも》がなめらかに塗《ぬ》れるようにもっと工夫《くふう》してさえいれば……つうぐ……つぐぅぅ！　俺《おれ》の、俺《おれ》のせいなんだー！　ひぃぃぃんっ！」

ネガティブ大爆発《だいばくはつ》な作太郎《さくたろう》の盛大《せいだい》ななげきもあとにつづく。

つぎに活《い》かすための意見交換《いけんこうかん》は大切《たいせつ》だが、ケンカになってしまってはもとも子《こ》もない。

「あの、みなさん――」

ギスギスした雰囲気《ふんいき》のままでは、たのしいかくれんぼなんてできなくなってしまうのだ。

さすがに止《と》めようとした日葵《ひまり》がふりかえるより早《はや》く、火暮《かくれ》がガタッと立《た》ちあがった。

「かくれんぼに、だれが悪《わる》い、なんてことはないぞ！　全部楽《ぜんぶたの》しい！　それだけだ！」

火暮《かくれ》が明《あか》るい声《こえ》でそういいきった。

ニカッと白《しろ》い歯《は》を見《み》せて、親指《おやゆび》を立《た》てる。

心《こころ》の底《そこ》からかくれんぼが大好《だいす》きな火暮《かくれ》だからこそいえる言葉《ことば》だ。

が、しかし――

「え？　キョーコは見《み》つかったら普通《ふつう》に悔《くや》しいけど？」

「俺《おれ》も……ひぐっ……落《お》ちこ……こ……、ひぃぃぃんっ！」

「……楽《たの》しいだけだと成長《せいちょう》しない、と思《おも》う」

いままでの険悪《けんあく》な雰囲気《ふんいき》はなんだったのかと思《おも》うほど息《いき》のあった3人《にん》が、冷《つめ》たい視線《しせん》を火暮《かくれ》にむけた。

それからまた、ああでもない、こうでもない、とかくれんぼトークを再開《さいかい》させる。

「お、俺《おれ》は、いま……、ものすごくいいことをいったのに！　いったのに！」

学《がく》ランの前《まえ》をにぎりしめて、火暮《かくれ》がガクリと肩《かた》を落《お》とす。

そんな火暮《かくれ》の背《せ》に、日葵《ひまり》はポンッと手《て》をおいた。


一方《いっぽう》、そのころ理久《りく》は、さらにビクビクしながらかくれるハメになっていた。

(きてる〜〜〜！　なんかまたこっちにみんなきてるよぉぉぉっ！)

近《ちか》づいてくる児童《じどう》たちの気配《けはい》を感《かん》じる。

いまにも心臓《しんぞう》が跳《は》ねて、振動《しんどう》で見《み》つかってしまうんじゃないかと思《おも》えてきた。

(見《み》つかりませんように、見《み》つかりませんように、見《み》つかりませんようにぃぃぃ！)

すぐ近《ちか》くで自分《じぶん》をさがす児童《じどう》たちの声《こえ》も聞《き》こえてきて、理久《りく》はぎゅっと目《め》をつぶる。

(お願《ねが》いします、お願《ねが》いします、お願《ねが》いしますぅぅぅ！)

心《こころ》のなかで、世界中《せかいじゅう》の神《かみ》さま仏《ほとけ》さまにむかって手《て》もあわせる。

力《ちから》をこめるとうっかりおなかも鳴《な》りそうになって、理久《りく》はあわてて息《いき》を吸《す》いこんだ。

そろりそろりと息《いき》をはくと、腹《はら》の虫《むし》が小《ちい》さく、きゅぅぅ、と鳴《な》いたけど、運《うん》よくだれにも聞《き》こえなかったようだ。

「やっぱいないかなぁ」

「建物《たてもの》のなかと外《そと》っていってたよね、さっきの放送《ほうそう》」

「じゃあ、外《そと》とかいってみようよ！」

理久《りく》の願《ねが》いがとどいたらしく、児童《じどう》たちの足音《あしおと》がまた少《すこ》し遠《とお》ざかる。

(よ、よかったぁぁぁ)

クキュウウウ～……

理久《りく》がホッと胸《むね》をなでおろすと、理久《りく》の腹《はら》も安心《あんしん》したように小《ちい》さく鳴《な》った。

(わっ、ダメダメ。おなかくん、もうちょっとがまんして～！)

あわてて腹《はら》に力《ちから》をいれる。

そうすると、余計《よけい》に腹《はら》が減《へ》って鳴《な》りそうになるが、もう理久《りく》にはどうしようもない。

（にしても、火暮《かくれ》くんてば、なんでかくれ場所《ばしょ》のヒントいっちゃうかな、もぉおおおっ！）

さっきの校内放送《こうないほうそう》を思《おも》いだして、理久《りく》は心《こころ》のなかでジタバタしてしまった。

（きっとまた、『かくれんぼは楽《たの》しくなくちゃ』とか思《おも》ったんだろうけど……けどぉ！）

いままさにかくれている理久《りく》としては、ぜんぜん楽《たの》しくない状況《じょうきょう》だ。

さっきの児童《じどう》たちはいなくなってくれたようだが、またべつの児童《じどう》たちが入《い》れかわり立《た》ちかわり、理久《りく》のかくれている場所近《ばしょちか》くにやってくる。

（ハラペコだし、動《うご》けないいし、状況《じょうきょう》よくわかんないし……）

耳《みみ》を澄《す》ましてみても、インカムからはなにも聞《き》こえない。

だれも状況《じょうきょう》を教《おし》えてくれるつもりはないようだ。

（どうなってるの、火暮《かくれ》くぅうん！）

きっとわくわくキラキラとした目《め》で、モニターを見《み》つめているにちがいない。

（暗《くら》いよ、怖《こわ》いよ、おなかすいたよぉおお！）

その様子《ようす》が目《め》に浮《う》かんで、理久《りく》は泣《な》きたくなってきたのだった。

十《じゅう》 一《いち》難《なん》去《さ》ってまた一《いち》難《なん》

火暮《かくれ》の大《だい》ヒントを伝《つた》える放送《ほうそう》から少《すこ》し。

後半《こうはん》の残《のこ》り時間《じかん》が6分《ぷん》になろうかというとき。

前半《ぜんはん》で一度《いちど》波《なみ》がひいたかと思《おも》われた体育館《たいいくかん》に、ふたたび人《ひと》があつまっていた。

「うわっ。なんかやたらあつまってきてないか？」

「ほんとね……！　さっきの放送《ほうそう》のせいかな？」

蒼汰《そうた》と唯花《ゆいか》が体育館《たいいくかん》に到着《とうちゃく》したとき、２階《かい》やステージをさがす人《ひと》は何人《なんにん》かいた。

が、各教室《かくきょうしつ》をさがしおえたほかの児童《じどう》たちも、体育館《たいいくかん》に流《なが》れてきているようだ。

「唯花《ゆいか》！　用具室《ようぐしつ》にいってみようぜ！」

「うん！」

いそいでむかうと、重《おも》たい扉《とびら》はすでにあけられていて、なかにも何人《なんにん》か人《ひと》がいた。

さっき、唯花《ゆいか》が見《み》つけた色《いろ》のちがう壁《かべ》も、何人《なんにん》かがたたいてたしかめているようだ。

「あそこはいなそうだな。じゃあほかは――」

落《お》ちついて、蒼汰《そうた》は用具室《ようぐしつ》のなかを見《み》まわしてみる。

ボールはカゴから何個《なんこ》かほうり投《な》げられていて、すでにだれかがさがしている。

「なあ、あと何分《なんぷん》!?」

「わかんない！　7分《ふん》くらいじゃない!?」

「ううん、あと6分《ぷん》だよ！」

「本当《ほんとう》にひとりは学校《がっこう》のなかにかくれてるんだよね!?」

さがす声《こえ》が、あちらこちらから聞《き》こえてくる。

もしここにかくれているのが蒼汰《そうた》なら、心臓《しんぞう》がバクバクしているにちがいない。

6年生《ねんせい》の男子《だんし》グループが体操《たいそう》マットに近《ちか》づく。

「なあ、このマットのすきまにかくれてるとかないよな？」

「すきまにかくれられるとか、どんだけ薄《うす》い人間《にんげん》だよ。それはムリだろ」

笑《わら》いながら、ひとりの男子《だんし》が立《た》てておかれた体操《たいそう》マットをバンッところがした。

とうぜんながら、マットのなかにはだれもいない。

「さすがにマットのなかはないよなー」

「ははっ、当《あ》たり前《まえ》じゃん。どうやってはいるんだっつーの」

ふざけあいながらそのままでていった男子《だんし》たちは、マットをまるめるのを忘《わす》れたようだ。

「もうっ。上級生《じょうきゅうせい》だからってああいうの最低《さいてい》！　ね、蒼汰《そうた》！」

唯花《ゆいか》が床《ゆか》にころがされているボールをひろいながら、プンッと怒《おこ》る。もうすっかりいつもの唯花《ゆいか》だ。

蒼汰《そうた》はいそいでマットをまきなおして、立《た》てなおした。

「う～ん、でもほかに用具室《ようぐしつ》でさがせてない場所《ばしょ》ってどこかな……」

「とび箱《ばこ》にもボールのカゴにもいなかっただろ？　体操《たいそう》マットはこのとおりムリだし」

いいながら壁《かべ》がわにマットをよせて、ふと蒼汰《そうた》は顔《かお》をあげた。

「なあ、唯花《ゆいか》。このマットは……？」

「え？　マットはムリって、いま蒼汰《そうた》が――」

「いや、これじゃなくて」

蒼汰《そうた》が見《み》ているのは、まきなおした薄《うす》くてかたい体操《たいそう》マットじゃなくて。

そのうしろにならべておかれた、分厚《ぶあつ》い運動用《うんどうよう》のソフトマットのほうだった。

「こっちの分厚《ぶあつ》いほうのマット」

「！」

指《ゆび》をさした蒼汰《そうた》に、唯花《ゆいか》がハッとした顔《かお》になる。

「さがしてない！」

「よな!?」

分厚《ぶあつ》いほうのマット——運動用《うんどうよう》の衝撃吸収《しょうげききゅうしゅう》ができる分厚《ぶあつ》いソフトマットは、大《おお》きくて重《おも》たいから、体育《たいいく》の先生《せんせい》の指示《しじ》なしで動《うご》かしてみようなんて思《おも》わなかった。

「動《うご》かすぞ！」

「うん！」

「そっちもって！」

まずは手前《てまえ》のソフトマットを、ずりずりとふたりで前《まえ》に動《うご》かしていく。

と、バランスがくずれて、ドスンとソフトマットが床《ゆか》に倒《たお》れた。

用具室《ようぐしつ》のちょっとホコリっぽいニオイがあたりにたちこめる。

「なか、いないか!?」

「さがしてみる！」

唯花《ゆいか》は四《よ》つん這《ば》いになって、ぼすんぼすん、とソフトマットの上《うえ》をたたいていく。

が、分厚《ぶあつ》いマットにおかしなところはなさそうだ。

「蒼汰《そうた》、こっちは異常《いじょう》ないみたい！」

「よし、つぎだ！」

分厚《ぶあつ》いソフトマットはふたつある。

最後《さいご》のマットに手《て》をかけて、「せーの」のかけ声《ごえ》で、ふたりが倒《たお》そうとしたときだった。

ぐっと、マットが抵抗《ていこう》した――ような気《き》がする。

「え――」

「なんだいまの……」

思《おも》わず顔《かお》を見《み》あわせて、蒼汰《そうた》と唯花《ゆいか》はもう一度《いちど》力《ちから》をこめてみる。

が、やっぱり、マットは倒《たお》れるのをこばむようにふんばった。

運動用《うんどうよう》ソフトマットが、意志《いし》をもって倒《たお》れないなんてことはありえない。

「これって――」

蒼汰《そうた》がいいかけた、そのとき。

キュ～……クルルルル
マットのなかから、盛大《せいだい》におかしな音《おと》が聞《き》こえてきた。

聞《き》いたことがあるこの音《おと》は――腹《はら》の虫《むし》！

おなかをすかせたマットなんてあるはずがない。

「いる……、ぜったいいる！　ここにいる！」

「うそ!?　ほんとに!?　でもいまなにか音《おと》がしたよね!?」

クキュ～……ルルル……

「「したーっ！」」

まるで返事《へんじ》をするかのように聞《き》こえた腹《はら》の虫《むし》の音《おと》に、蒼汰《そうた》と唯花《ゆいか》は思《おも》わず同時《どうじ》に叫《さけ》んでしまった。

これは、いる。ぜったいいる。

「ちょっと待《ま》って！　どこかにあけられる場所《ばしょ》がきっとあるはず――」

マットのまわりをぐるぐるまわって、唯花《ゆいか》は「あっ」と声《こえ》をあげた。

「蒼汰《そうた》、見《み》て！　ここ！　ファスナーがある！」

「あけろあけろ！」

もうひとつのソフトマットには、そんなところにファスナーなんてついていない。

ということは、これはニセモノのソフトマットで確定《かくてい》だ。

「せーのっ！」

かけ声《ごえ》とともに、ジイイイ、とファスナーをあけると、そこには――

「な、なにか食《た》べるものもってないぃぃ……？」

半《はん》べそをかきながら、おなかをおさえている少年《しょうねん》がいた。

ぐうぐう、キュルルル、と切《せつ》ない腹《はら》の音《おと》がBGM《ビージーエム》のように鳴《な》りひびいている。

蒼汰《そうた》と唯花《ゆいか》は、ふたり同時《どうじ》に人《ひと》さし指《ゆび》をつきつけて、

「見《み》ーつけた！」

ピンポンパンポーン

『後半《こうはん》、残《のこ》り時間《じかん》、5分《ふん》10秒《びょう》、霜月理久《しもつきりく》、体育館《たいいくかん》の運動用《うんどうよう》ソフトマットで発見《はっけん》。すごいぞ、みんな！　さあ、いよいよ残《のこ》り、1名《めい》——は、外《そと》だ！』

ブツッときれた放送《ほうそう》に、全校児童《ぜんこうじどう》がいっせいに校舎《こうしゃ》の外《そと》へと飛《と》びだしていく。

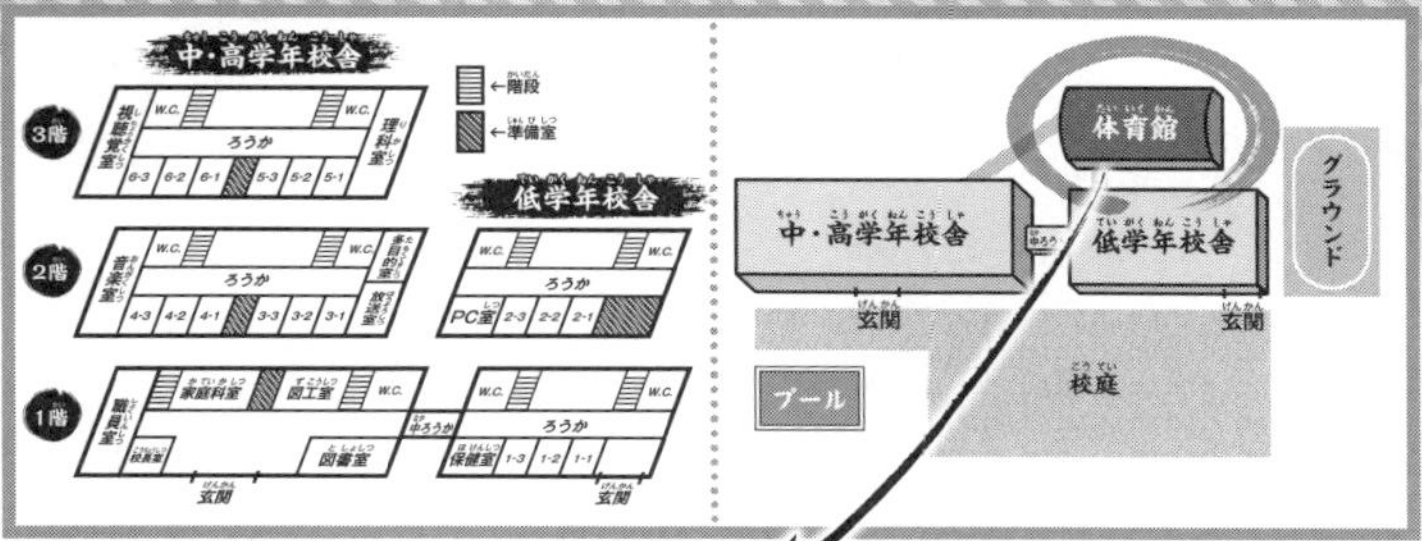

体育館用具室《たいいくかんようぐしつ》

霜月理久《しもつきりく》 脱落《だつらく》

【体育館用具室《たいいくかんようぐしつ》・運動用《うんどうよう》ソフトマットのなか】にて見《み》つかる

倒《たお》されそうになった理久《りく》が、思《おも》わずふんばってしまった。（あと、おなかすいた……）

残《のこ》り1/6人《にん》

後半残《こうはんのこ》り時間《じかん》 05:10

十一《じゅういち》 最後《さいご》の最後《さいご》は運《うん》しだい？

「あとひとり！」

「あとひとり！」

残《のこ》り時間《じかん》はあと5分《ふん》をきっている。

かくれているメンバーはたったひとり。

対《たい》して、さがすのは総勢《そうぜい》４００人以上《にんいじょう》の全校児童《ぜんこうじどう》だ。

校舎《こうしゃ》は熱気《ねっき》につつまれていた。

「ぜったい勝《か》てる！　見《み》つける！」

「あとさがしてないとこは!?」

「1回《かい》さがしたところも、もう一回見《いっかいみ》たほうがいいよね!?」

いままで話《はな》したことのない児童同士《じどうどうし》でも、ろうかであえばさかんに情報交換《じょうほうこうかん》がおこなわれていた。学年《がくねん》も性別《せいべつ》もなにもかもを超《こ》えて、残《のこ》るひとりを見《み》つけだすという使命《しめい》に学校《がっこう》中《じゅう》が一丸《いちがん》となって、熱《あつ》いエネルギーがうずまいている。

「ん〜……この感《かん》じ！　エキストラのみんなと一緒《いっしょ》の撮影《さつえい》のときみたいな熱気《ねっき》で、僕《ぼく》好《す》きだ――ナ！」

その様子《ようす》を、礼央《れお》は口《くち》もとをゆるめながらのぞき見《み》ていた。

『礼央《れお》くん、そっちに数名《すうめい》むかっています。頭《あたま》ひっこめてください』

インカムから、日葵《ひまり》の声《こえ》が聞《き》こえてくる。

低学年校舎《ていがくねんこうしゃ》のほうから、人影《ひとかげ》が数名《すうめい》、走《はし》ってくるのが見《み》えた。

礼央《れお》は日葵《ひまり》が見《み》ているだろうカメラにむかってウィンクをひとつ。

「オッケー！　きみのためならいつでも準備《じゅんび》は万全《ばんぜん》だ――ヨ！　あ、でも日葵《ひまり》ちゃん、僕《ぼく》のかがやく美《うつく》しさとあふれるオーラは、このなかでもかくしきれないと思《おも》うん――」

『いいから、かくれろ』

「ガボ！　ガボボボッ！」

一段《いちだん》と低《ひく》くなった日葵《ひまり》の声《こえ》で、一瞬全身《いっしゅんぜんしん》が凍《こお》るかと思《おも》った。

いわれたとおりにかくれながら返事《へんじ》をして、礼央《れお》は鼻《はな》をつまんですみにぎゅっと体《からだ》をよせる。
ワクワクとドキドキの気《き》もちが体《からだ》からあふれすぎて、ふわりとうかんでしまわないようにとねがいながら、礼央《れお》はじっと動《うご》きを止《と》めた。

残《のこ》り時間《じかん》はあと3分《ぷん》56秒《びょう》。
蒼汰《そうた》と唯花《ゆいか》は、おさまりきらない興奮《こうふん》そのままに、体育館《たいいくかん》から玄関《げんかん》にむかっていた。
つっかかりそうになりながら上履《うわば》きをはきかえ、玄関《げんかん》を飛《と》びだす。
すぐ横《よこ》にある花《か》だんにも人《ひと》がいる。
水《みず》まき用《よう》のホースを手《て》にした男子《だんし》が、丹念《たんねん》にホースをのぞきこんで調《しら》べていた。
「いや、さすがにそこにはいないだろ！」
思《おも》わずツッコんでしまったが、火暮《かくれ》が「灯台下暗《とうだいもとくら》し」なんていっていたから、万《まん》が一《いち》ならあるのかも？　と、ついつい思《おも》ってしまいそうになる。

「蒼汰《そうた》、どこからさがす？　あと3分《ぷん》ちょっとじゃ、グラウンドにいってさがしている時《じ》間《かん》はあんまりないよね？」

「だよな。じゃあ、ええと……」

唯花《ゆいか》に聞《き》かれて、蒼汰《そうた》はあらためて校庭《こうてい》を見《み》た。

蒼汰《そうた》たちがいるのは、中《ちゅう》・高学年校舎《こうがくねんこうしゃ》の玄関前《げんかんまえ》。

グラウンドはここから一番遠《いちばんとお》いから、丁寧《ていねい》にさがす時間《じかん》はないだろう。

「こういうときに、動《うご》くろうかになってたらちょっとは時間短縮《じかんたんしゅく》できるのになぁ！」

ぼやいた蒼汰《そうた》に、唯花《ゆいか》がプッとふきだした。

「そんなに動《うご》くろうかがほしかったんだ？」

「ち、ちがっ！　だから、唯花《ゆいか》が昔《むかし》、動《うご》く歩道《ほどう》がほしいっていってたからで――」

思《おも》わずそういってしまって、しまったと蒼汰《そうた》は口《くち》をふさいだ。

唯花《ゆいか》がきょとんとした顔《かお》になる。

「私《わたし》が？　え？　いつ？」

「……だから、昔《むかし》だよ昔《むかし》。幼稚園《ようちえん》くらいのとき」

パチパチと目《め》をまたたかせる唯花《ゆいか》に、ほしがってたじゃん、と小《ちい》さくいうが、唯花《ゆいか》は本《ほん》当《とう》にまったく覚《おぼ》えていないようだった。

やっぱりいわなきゃよかったと思《おも》う。

自分《じぶん》だけが覚《おぼ》えている思《おも》い出《で》なんて、ちょっとかっこ悪《わる》いし、恥《は》ずかしい。

「もしかしてそれで、ぜったい見《み》つけて、ろうかを動《うご》く歩道《ほどう》にしたいって思《おも》ってくれてたの？」

「……そーだよ！　そーです！　そんで機嫌《きげん》よくなった唯花《ゆいか》とまた一緒《いっしょ》に遊《あそ》べたらなって思《おも》ったんですー！」

でもこうなったらやけくそだ。

逆《ぎゃく》ギレのようないいかたになってしまって、蒼汰《そうた》は口《くち》をとがらせる。

(なんだこれ、いままでで一番《いちばん》恥《は》ずかしいな!?)

子《こ》どもみたいだと笑《わら》われてもしかたのないこたえかたをしたせいかもしれない。

顔《かお》から火《ひ》がでそうだ。

いまにもここから走《はし》って逃《に》げたい気分《きぶん》になる。

「……ほんとバカ」

唯花《ゆいか》がぽつりと小《ちい》さくいった。

だけどその声《こえ》はあまりに小《ちい》さくて、蒼汰《そうた》の耳《みみ》にはとどかない。

「な、なんだよ——」

聞《き》きかえそうとした蒼汰《そうた》の手《て》を唯花《ゆいか》がつかんだ。

「じゃああとひとり！　さがさないと！」

「へ？　あ——、お、おう！　って、どこを!?」

ひっぱられながら蒼汰《そうた》がさけぶ。

唯花《ゆいか》は楽《たの》しそうな笑顔《えがお》でふりかえった。

「グラウンドや低学年校舎《ていがくねんこうしゃ》のほうは遠《とお》いから、こっち側《がわ》の校庭《こうてい》とかプールとか！」

ここからまっすぐ進《すす》めばプールがある。

「よしっ！　校庭《こうてい》をつっきってプールだ！」

「了解《りょうかい》！　あ、校庭《こうてい》も一応《いちおう》ちゃんとさがしながら進《すす》むこと！」

「わかってるって！」

校庭《こうてい》をかけ足《あし》でいきながら、蒼汰《そうた》は右《みぎ》に、唯花《ゆいか》は左《ひだり》に目《め》を凝《こ》らす。

左右《さゆう》をふたりでわけてさがせば、さがす時間《じかん》も短縮《たんしゅく》できる。

そうして手分《てわ》けしてさがしながら、蒼汰《そうた》たちはプールを目《め》ざして走《はし》っていく。


最後《さいご》の放送《ほうそう》がかかってから、まだ1分《ぷん》。

されど1分《ぷん》だ。

「いないぞ！」

「本当《ほんとう》にいるのかよ〜！」

「いるんだって、ぜったい！」

全力《ぜんりょく》でさがしているからこその、あせりと失望《しつぼう》が交差《こうさ》しはじめる。

外《そと》にいる、と火暮《かくれ》が放送《ほうそう》で伝《つた》えたあとのエネルギーが冷《さ》めはじめ、だらだらとさがしているフリをする児童《じどう》もではじめる時間《じかん》。

そのうち、どうせだれかが見《み》つけてくれる——

そんな気《き》もちが、心《こころ》のどこかにわきはじめたのを見計《みはか》らったかのようなタイミングで、ピンポンパンポーン、と何度目《なんどめ》かの放送《ほうそう》チャイムがなった。

「なになに!?」

「最後《さいご》のひとり、見《み》つかったの!?」

みんなの顔《かお》にホッとしたような色《いろ》がうかぶ。

『さて、陽川小学校《ひかわしょうがっこう》のみんな！　調子《ちょうし》はどうかな!?』

けれど聞《き》こえてきたのは、火暮《かくれ》のそんな言葉《ことば》だった。

みんな、ざわざわと立《た》ちどまって放送《ほうそう》を聞《き》いている。

『学校《がっこう》かくれんぼの残《のこ》り時間《じかん》は、あと2分《ふん》32秒《びょう》、31秒《びょう》、30秒《びょう》……、とにかくけっこうあるようでない！』

明《あか》るい声《こえ》でそういわれて、みんなの視線《しせん》が校舎《こうしゃ》についている時計《とけい》にうつった。

『みんなもだいぶ健闘《けんとう》してくれているようだが、残《のこ》るひとりは見《み》つけられるかな!?　このままいけば、俺《おれ》たち新日本《しんにほん》かくれんぼ協会小学生支部《きょうかいしょうがくせいしぶ》の勝利《しょうり》になるぞぉ!?』

ハッハッハ、と楽《たの》しそうな笑《わら》い声《ごえ》を響《ひび》かせて、火暮《かくれ》はつづける。

『そうなれば、動《うご》く歩道《ほどう》はナシ！　俺《おれ》たちはどちらでもかまわない。だが残《のこ》り時間《じかん》はあと少《すこ》しだ。あきらめず、もう一度《いちど》、ここにはいないと思《おも》って通《とお》りすぎていたところをさがしてみるのもいいかもしれないぞ！　さぁさぁ、最後《さいご》のひとりを残《のこ》り時間《じかん》で見《み》つけられるかな!?』

ニヤリと挑戦的《ちょうせんてき》な笑《え》みが見《み》えるようないいかただった。

放送《ほうそう》を聞《き》いていた全員《ぜんいん》が、心《こころ》にメラメラと炎《ほのお》がつけられたような気分《きぶん》になる。

1年生《ねんせい》のさちも、4年生《ねんせい》の健太《けんた》も、キッとするどい視線《しせん》を校庭《こうてい》にむける。

もちろんプールにむかっていた蒼汰《そうた》と唯花《ゆいか》も同《おな》じ気《き》もちだ。

ここは自分《じぶん》たちが毎日通《まいにちかよ》う小学校《しょうがっこう》。

この学校《がっこう》のことは、俺《おれ》たちが一番《いちばん》よくわかっている——

「あんないいかたされたら……なんか……」

つぶやいた蒼汰《そうた》の声《こえ》に闘志《とうし》がにじみだしてきた。

「ぜったい見《み》つけたくなるわよね……」

唯花《ゆいか》の瞳《ひとみ》もメラメラとやる気《き》に燃《も》えている。

『――ちょっと、火暮《かくれ》くん！　なにまたよけいなこといっちゃってるんですか！』

『うわっ、日葵《ひまり》、まっ――』

ピー、ガガガッ、ブツッ！

と、ほかの女子《じょし》の声《こえ》が聞《き》こえたかと思《おも》ったら、スピーカーのわれるような甲高《かんだか》い音《おと》がして、すぐに放送《ほうそう》はきれてしまった。

あとに残《のこ》ったのは、火暮《かくれ》の放送《ほうそう》でやる気《き》に満《み》ちてしまった子《こ》どもたちの熱気《ねっき》だけ。

「ぜったい、見《み》つけてやるぞ！」

「おーっ！」

ここにいない火暮《かくれ》にむけてだれかがはなった宣言《せんげん》に、陽川小学校《ひかわしょうがっこう》の児童全員《じどうぜんいん》の声《こえ》がかさなった。

「いいよいいよ、火暮《かくれ》くん！　本当《ほんとう》にきみは良《よ》いアオリをしてくれちゃうな！　本当《ほんとう》の本《ほん》当《とう》に最高《さいこう》だ——ゾ！」

火暮《かくれ》のその放送《ほうそう》は、かくれている礼央《れお》の耳《みみ》にもとどいていた。

火《ひ》に油《あぶら》をそそぐような放送《ほうそう》のおかげで、ちょっとだけあきらめムードがただよっていた児童《じどう》たちは、俄然《がぜん》やる気《き》になったようだ。

「いよいよかくれがいも、見《み》つかりがいもある展開《てんかい》だ——ナ！」

ぞくぞくする体《からだ》を両手《りょうて》でしっかりと抱《だ》きしめる。

本当《ほんとう》は音《おと》を思《おも》いきり立《た》ててはしゃぎたい気分《きぶん》だが、そんなことをしたらすぐに見《み》つかってしまうから、そうすることでなんとかたえているのだ。

「僕《ぼく》は、みんなのおどろく顔《かお》が見《み》たいから我慢《がまん》するんだ——ゾ！」

簡単《かんたん》に見《み》つかってしまってはおもしろくない。

アッとおどろくみんなの顔《かお》が、大人気《だいにんき》タレントの礼央《れお》だと気《き》づいて、ワッとかがやくから楽《たの》しいのだ。

「僕《ぼく》のスペシャルオンステージまで、あとちょっと、あとちょっと〜」

残《のこ》り時間《じかん》はとうとう2分《ふん》をきったようだ。

時間《じかん》がくるのが先《さき》か、礼央《れお》が見《み》つかってしまうのが先《さき》か。

どちらにころぶかは、最後《さいご》の最後《さいご》までわからない。

それがかくれんぼの最高《さいこう》にスリリングな展開《てんかい》だ。

「おっ、僕《ぼく》のかわいいオーディエンスたちがやってきた――ゾ！」

バタバタとかけてくる児童《じどう》たちを見《み》つけて、礼央《れお》は小《ちい》さなピースを相手《あいて》にむける。

それから、しずかに姿《すがた》をかくす。

かくれきれるか、見《み》つかるか。

どちらにせよ、学校《がっこう》かくれんぼ終了《しゅうりょう》の時間《じかん》は、もうすぐそこまでやってきている。

「クッソー！　あと何分《なんぷん》！」

「2分《ふん》ないよ！　マジ、本当《ほんとう》にいるんだよね!?」

「ぜったいいるって！」

「もー！　どこー！」

そんな声《こえ》が、あちらこちらから聞《き》こえてくる。

全校児童《ぜんこうじどう》が校舎《こうしゃ》から飛《と》びだし、グラウンドから校庭《こうてい》から、さがして走《はし》りまわっている。

蒼汰《そうた》と唯花《ゆいか》も、草《くさ》の根《ね》をわけてでもさがしてやるという気《き》もちになっていた。

だけど、残《のこ》り時間《じかん》は、もうたったの1分《ぷん》30秒《びょう》しかない。

「プールなら、ベンチとか、ビート板《ばん》をならべる棚《たな》とかあるし、いそうだよな！」

「グラウンドと校庭《こうてい》は、ほかの子《こ》たちもさがしてるしね！」

残《のこ》り時間《じかん》は1分《ぷん》をきった。

蒼汰《そうた》たちは猛《もう》スピードでプールへとむかう。

まっ先《さき》にベンチに目《め》をやるが、なにも変《か》わったところはない。

だとしたらビート板《ばん》の保管棚《ほかんだな》だ！

プールのそばまできたときには、あと45秒《びょう》になっていた。

唯花《ゆいか》が戸棚《とだな》の上《うえ》の扉《とびら》を開《ひら》こうとしたけれど、カギがかかっていて開《あ》かない。

スライド式《しき》になっている下《した》の扉《とびら》も同《おな》じだった。

いままでの発見場所《はっけんばしょ》と同《おな》じように、戸棚《とだな》に細工《さいく》がないかどうかも、ふたりは入念《にゅうねん》にチェックする。だけど横《よこ》にもうしろにもおかしなところは見《み》つからない。

「くっそー！　これは普通《ふつう》の棚《たな》かー！」

期待《きたい》しただけに、ちょっと気《き》もちが落《お》ちこみそうになってしまった。

「だいじょうぶ！　蒼汰《そうた》、一緒《いっしょ》につぎさがそう！」

「おう！」

唯花《ゆいか》にはげまされて、蒼汰《そうた》はすぐに顔《かお》をあげる。

力強《ちからづよ》くうなずいてくれる唯花《ゆいか》と目《め》をあわせてうなずいて、蒼汰《そうた》はプールを指《ゆび》さした。

「プールサイドまわってみようぜ！」

「うん！」

もしかしたらプールじゃなくても、校舎《こうしゃ》から離《はな》れた場所《ばしょ》から見《み》あげた屋上《おくじょう》とか、校舎《こうしゃ》の壁《かべ》とかにいたりする可能性《かのうせい》だってある。

残《のこ》り時間《じかん》はあと30秒《びょう》。

ふたりはプールのまわりを慎重《しんちょう》に歩《ある》きながら、目《め》を皿《さら》のようにして周囲《しゅうい》を見《み》つめる。

視力《しりょく》に自信《じしん》のある蒼汰《そうた》は校舎《こうしゃ》のほうを、唯花《ゆいか》は足《あし》もとを凝視《ぎょうし》して、一歩一歩《いっぽいっぽ》進《すす》んでいく。

「いたか!?」

「いない！　蒼汰《そうた》のほうは!?」

「こっちもダメだ！」

「あとちょっと！」

おたがいにはげましあいながら、あと15秒《びょう》。

プールの水《みず》は、ゆらゆらと風《かぜ》にゆれてしずかな波《なみ》をたてている。

あせる気《き》もちを落《お》ちつけようと、蒼汰《そうた》はいったん水面《すいめん》に視線《しせん》を落《お》とした。

そのとき。

『あと10秒《びょう》だ！』

火暮《かくれ》の声《こえ》が学校中《がっこうじゅう》に響《ひび》きわたった。

「くそっ！　どこだ!?」

「あとひとりなのに！」

『9秒《びょう》、8秒《びょう》、』

火暮《かくれ》のしずかなカウントダウンがはじまって、蒼汰《そうた》は走《はし》りだしたい気《き》もちになった。

全校児童《ぜんこうじどう》が、最後《さいご》の力《ちから》をふりしぼるように、自分《じぶん》の近《ちか》くの場所《ばしょ》を手当《てあ》たりしだいにさがしている。

『7、6、5、4、』


ラストひとり。

ここまできたらどうにかして見《み》つけたい。

いっそ、蒼汰自身《そうたじしん》じゃなくてもいい。

見《み》ーつけた！

だれか、あの言葉《ことば》を大《おお》きな声《こえ》でいってくれ！

心《こころ》のなかで蒼汰《そうた》はさけぶ。

『3、2、1――』

「くそーっ！」

『0《ゼロ》！　学校《がっこう》かくれんぼ、終了《しゅうりょう》ー！』

火暮《かくれ》のはじけたような声《こえ》が響《ひび》く。

学校《がっこう》かくれんぼは、陽川小学校《ひかわしょうがっこう》の負《ま》け。

「終《お》わった……」

蒼汰《そうた》は力《ちから》がぬけて、プールサイドで立《た》ちつくしてしまった。

あとたったひとりのところまできていたのに。

全校児童《ぜんこうじどう》でさがしても見《み》つからない場所《ばしょ》なんて、いったいどこだったんだろう。

「終《お》わっちゃったー！　ね、蒼汰《そうた》、あとひとりどこにいたんだろうね！」

力《ちから》のぬけてしまった蒼汰《そうた》のとなりで、唯花《ゆいか》も悔《くや》しそうにふりかえる。

だけど、その顔《かお》はなんだか楽《たの》しそうだ。

「学校《がっこう》の外《そと》だったんだろ？　あっ、やっぱり屋上《おくじょう》とか——」

ハッとして蒼汰《そうた》が顔《かお》をあげたそのとき。

すぐそばの水面《すいめん》に、ぶくぶくぶくぶく、と小《ちい》さな泡《あわ》がうきはじめる。

ゆらりとゆれたプールに気《き》づいて視線《しせん》をむけた唯花《ゆいか》が、「きゃっ」と小《ちい》さな悲鳴《ひめい》をあげた。

「な、なになに!?」

「も、もしかして——」

おどろきながら、思《おも》わずプールサイドからあとずさる。

それを待《ま》っていたかのように、プールのなかからザバァッとなにかが飛《と》びだしてきた。

「え——」

それは2本《ほん》の足《あし》だった。

蒼汰《そうた》も唯花《ゆいか》も、プールのまわりにいた全員《ぜんいん》が、ギョッとして見《み》つめていると、

「チャチャ〜〜〜ン！　僕《ぼく》はずっと、ここにいた——ゾ！」

いきなりそういって飛《と》びだしてきたのは、**水色《みずいろ》の全身《ぜんしん》タイツのようなスイムウェアに身《み》**

をつつんだヘンな男子《だんし》——いや、だけどなんだか手足《てあし》が長《なが》くて、身長《しんちょう》も高《たか》くて、声《こえ》もイケてるヘンな男子《だんし》、だ。

「え？　え？　ここにいたの!?」

「ずっと!?」

まさか、こんなすぐそばにかくれていたなんて気《き》づかなかった。

しかもこんなかっこうで、ずっと水中《すいちゅう》にもぐっていたなんて。

蒼汰《そうた》たちがすぐそばまでさがしにきても、呼吸《こきゅう》を止《と》めてじっとしていたのか。

本気《ほんき》でかくれきるつもりだったことが伝《つた》わってくる。

見《み》つけられなかった悔《くや》しさはあるが、その様子《ようす》を想像《そうぞう》したら、だんだんおかしくなってきてしまった。

「……っぷ、あははは！」

「す、すごいな！　水着《みずぎ》の色《いろ》までプールと一緒《いっしょ》だ！」

ついつい噴《ふ》きだしてしまった唯花《ゆいか》につられて蒼汰《そうた》も笑《わら》う。

「これはちゃんと、水《みず》による光《ひかり》の反射《はんしゃ》を計算《けいさん》して塗《ぬ》ってくれてるんだ——ゾ！」

なめらかなポーズをとって、トビウオのようにおよぎだした少年《しょうねん》の体《からだ》は、水《みず》のなかでキラキラと魚《さかな》のうろこのようにかがやいている。

いわれてみれば、本当《ほんとう》に水面《すいめん》にゆれる波紋《はもん》のような色《いろ》づかいの全身《ぜんしん》スーツ。

そこまでこだわってかくれられたら、なかなか見《み》つけられなかったのもなっとくだ。

するするとおよぎながらもどってきた少年《しょうねん》が、ビシッと右手《みぎて》でピースをつくる。

「ふっふっふ。いっぱい楽《たの》しんでくれたなら、なによりなんだ――ゾ！」

それからぬれた額《ひたい》にピタリとつけた。

そのポーズに、笑《わら》っていた唯花《ゆいか》が「あれ？」と首《くび》をかしげる。

どうかしたのかと聞《き》く前《まえ》に、

「ふふふふふ……ふふふふふ……ふっハハハハハー！」

プールのなかにひたりながら、少年《しょうねん》が頭《あたま》のスーツに手《て》をかけた。

やたらとイケメンふうの声《こえ》がプールのなかに響《ひび》きわたる。

「そこの少女《しょうじょ》は気《き》づいたようだね！　ごほうびに！　これから、僕《ぼく》の、オンステージをはじめる――ゾ！」

いいながら、頭《あたま》の部分《ぶぶん》のスーツを脱《ぬ》ぐ。

あらわになったその顔《かお》を見《み》て、唯花《ゆいか》は「あっ」と口《くち》をあけた。

蒼汰《そうた》もその顔《かお》には見覚《みおぼ》えがあった。テレビや雑誌《ざっし》で見《み》たことがある――

「は、花霞礼央《はながすみれお》くん!?」

とつぜんの芸能人《げいのうじん》の登場《とうじょう》に、唯花《ゆいか》がわっと歓声《かんせい》をあげる。

人形《にんぎょう》のようにととのった顔《かお》に、大《おお》きな目《め》、水《みず》にぬれた長《なが》いまつ毛《げ》は太陽《たいよう》の光《ひかり》でキラキラと美《うつく》しくかがやいている。

「うそーっ！」

「ほんものだ！」

「なになに!?　芸能人《げいのうじん》!?」

「きゃーっ！　礼央《れお》くんだーっ！」

ぞくぞくとあつまってきた児童《じどう》たちが、あっというまにプールサイドをとりかこむ。

礼央《れお》は周囲《しゅうい》を見《み》まわすと、ニコッとまぶしすぎる笑顔《えがお》でピースサインを額《ひたい》につけた。

「学校《がっこう》かくれんぼ、楽《たの》しんでくれたか――ナ!?」

「楽《たの》しかったー！」

まるでコンサートのかけ声《ごえ》のような問《と》いかけに、みんなの声《こえ》が明《あか》るくかさなる。

「ね！　本当《ほんとう》に楽《たの》しかったね、蒼汰《そうた》！」

唯花《ゆいか》もすごく楽《たの》しそうだ。

最後《さいご》は負《ま》けてしまったけど、唯花《ゆいか》と前《まえ》みたいに楽《たの》しくかくれんぼができたから、蒼汰《そうた》もじゅうぶん楽《たの》しめた。

「おう！」

「あ、でも」

うなずいた蒼汰《そうた》に、唯花《ゆいか》がちょっとほっぺたをふくらませた顔《かお》をむけた。

「誕生日《たんじょうび》プレゼント、まだもらってないの忘《わす》れてないからね」

「あっ、それはちゃんと家《いえ》にあるって――」

両手《りょうて》を腰《こし》にあててすごまれて、蒼汰《そうた》はあわてていいかけて、

「おくれたぶんの埋《う》めあわせも」

「え？」

「こんどの日曜《にちよう》、買《か》い物《もの》つきあってよね。動《うご》くろうかにはならなかったけど、駅前《えきまえ》にある蒼汰《そうた》の好《す》きな動《うご》く歩道《ほどう》もちゃんと一緒《いっしょ》にのってあげるから」

いたずらっぽく唯花《ゆいか》が笑《わら》う。

「そ、――それは唯花《ゆいか》が昔《むかし》ほしいっていってただけで――、ってうわっ！」

ついついいいかえしそうになった蒼汰《そうた》の顔面《がんめん》に、バシャリと水《みず》がかけられた。

おどろく蒼汰《そうた》に、キラキラときらめく全身《ぜんしん》スーツをきた礼央《れお》が、ばちんとウィンクをひとつ。

「こらこら、ちゃんと楽《たの》しんでくれなきゃダメなんだ――ゾ！」

それは、かくれんぼか、礼《れ》央《お》のオンステージか、それとも週末《しゅうまつ》の動《うご》く歩道《ほどう》のことか。

フハハハ、と笑《わら》いながら華麗《かれい》なおよぎを見《み》せる礼央《れお》にあっけにとられる蒼汰《そうた》を見《み》て、唯《ゆい》花《か》が楽《たの》しそうに笑《わら》っている。

「わ、わかってる！」

大声《おおごえ》でいいかえした蒼汰《そうた》の声《こえ》は、礼央《れお》の特別《とくべつ》ステージであがる歓声《かんせい》のなかにすいこまれて、たぶんとなりの唯花《ゆいか》にしか聞《き》こえなかった。

花霞《はながすみ》 礼央《れお》
かくれんぼ成功《せいこう》！

1階掲示板のポスター 霧峰 作太郎	体育館用具室 霜月 理久	音楽室のキャビネット 雨宮 日葵
プール 花霞 礼央	6年2組の教室 風見 今日子	図書室の図書カウンター 戸隠 三雲

シンプルなかくれかただった礼央《れお》。
辛抱強《しんぼうづよ》さが勝利《しょうり》のヒケツ!? これこそ、灯台下暗《とうだいもとくら》し！

新日本《しんにほん》かくれんぼ協会《きょうかい》
小学生支部《しょうがくせいしぶ》 勝利《しょうり》

十二《じゅうに》　かくれんぼはつづくよ、どこまでも

「いやあ、みんな、おつかれさまだ！」

とある町《まち》にある、とある小学校《しょうがっこう》――

の地下《ちか》にある、とあるヒミツの会議場《かいぎじょう》。

グッと親指《おやゆび》を立《た》てた火暮《かくれ》が、ニコニコとうれしそうな顔《かお》でいう。

「はじめての新日本《しんにほん》かくれんぼ協会小学生支部《きょうかいしょうがくせいしぶ》の学校《がっこう》かくれんぼは、まさに我々《われわれ》の勝利《しょうり》で大成功《だいせいこう》！　だったな！」

となりに座《すわ》った日葵《ひまり》が、そんな火暮《かくれ》にスッと冷《つめ》たい視線《しせん》を送《おく》る。

「――最後《さいご》の最後《さいご》、ギリッギリだったって覚《おぼ》えてますか、火暮《かくれ》くん」

火暮《かくれ》がヘンなヒントを大盤《おおばん》ぶるまいしたせいで、かなりきわどい勝利《しょうり》だった。

そもそも日葵《ひまり》が火暮《かくれ》におねがいした役割《やくわり》は、インカムでかくれているメンバーに状況《じょうきょう》を

説明《せつめい》することと、スタートや時間経過《じかんけいか》を学校《がっこう》アナウンスすることだけだ。

児童《じどう》たちをたきつけろ、なんていった覚《おぼ》えはない。

けれど火暮《かくれ》は、はっはっは、と明《あか》るく笑《わら》って、ニカッと白《しろ》い歯《は》を見《み》せる。

「あまいな、日葵《ひまり》。あれこそ俺《おれ》の作戦《さくせん》だ！」

「はぁ……？」

火暮《かくれ》は自信《じしん》たっぷりな表情《ひょうじょう》で胸《むね》をそらす。

「ああやってだな、ほ～ら、すぐ近《ちか》くにいるぞ～いるぞ～、と暗示《あんじ》をかければ、逆《ぎゃく》に気《き》もそぞろになって、本当《ほんとう》の足《あし》もとはさがさなくなるはず、という俺《おれ》の名案《めいあん》――これぞ本当《ほんとう》の『作戦《さくせん》☆灯台下暗《とうだいもとくら》し』だ！」

「いや、おまえ、単《たん》に自分《じぶん》がかくれることができなかったから、ちょっと悔《くや》しくて、みんなと絡《から》みたかっただけなんじゃないの？」

「作太郎《さくたろう》～～～！　よけいなこというんじゃない～～～！」

もっともらしい言《い》い訳《わけ》をあっさり作太郎《さくたろう》に見《み》ぬかれて、火暮《かくれ》は机《つくえ》につっぷした。

やはり火暮《かくれ》もかくれんぼをしたかったらしい。

どうせそんなことだろうと日葵《ひまり》だって気《き》づいていた。

日葵《ひまり》は、やさしい口調《くちょう》で机《つくえ》につっぷす火暮《かくれ》にいう。

「火暮《かくれ》くんは**リーダー**ですから、**まとめ役《やく》として**、これからもたよりにしていますね」

「ひ、日葵《ひまり》～……！」

「ウケる～！　かくれ場所《ばしょ》とかまとめてんのは日葵《ひまり》ッちなのに～」

「日葵《ひまり》ちゃんは、裏《うら》のリーダーって感《かん》じだよね……」

「今日子《きょうこ》ちゃん、理久《りく》くん！　シーッ！　だゾ！」

よく見《み》れば、眼鏡《めがね》の下《した》の日葵《ひまり》の目《め》はまったく笑《わら》っていない。

完全《かんぜん》にリーダーという言葉《ことば》で火暮《かくれ》をもちあげているだけの日葵《ひまり》はやっぱりすごいな、と理久《りく》は小《ちい》さくなりながら思《おも》った。

スポンジから解放《かいほう》されて自由《じゆう》になった手《て》は、ずっと肉《にく》まんを理久《りく》の口《くち》に運《はこ》んでいる。

「あ、でもでも！　作《さく》ッちの掲示板《けいじばん》は、キョーコけっこう好《す》きだった～！　あれさ、作《さく》ッちが声《こえ》ださなかったら、どんくらいもったんだろ～ね？」

今日子《きょうこ》の質問《しつもん》に日葵《ひまり》は、たしかに、と小《ちい》さくつぶやいて考《かんが》えるようにあごに手《て》をおく。

「それは気《き》になるところですよね。せっかくの今日子《きょうこ》さんの意見《いけん》ですし、つぎのときも顔《かお》だしペイント担当《たんとう》の人《ひと》がいても、わるくないと思《おも》います。灯台下暗《とうだいもとくら》しで見《み》つからなければいいですし、見《み》つかっても、こんな感《かん》じのかくれかたをしているんだと思《おも》いこんでもらえれば、ほかのメンバーが見《み》つかりにくくなるかもしれませんし」

今日子《きょうこ》の言葉《ことば》に、日葵《ひまり》がうなずく。

それはつまり、簡単《かんたん》にいえば、みんなのために見《み》つかりやすい場所《ばしょ》で、ワンチャンにかけてオトリになってくれといっているようなものだ。

「お、俺《おれ》はイヤだからな！」

不穏《ふおん》な気配《けはい》を感《かん》じた作太郎《さくたろう》が、ガタリと音《おと》をたてて席《せき》を立《た》つ。

が、日葵《ひまり》と今日子《きょうこ》は無言《むごん》のまま見《み》つめあって、それからグッと親指《おやゆび》を立《た》てあう。

「日葵《ひまり》ッち、ナイス。灯台下暗《とうだいもとくら》し作戦《さくせん》とオトリ作戦《さくせん》で最強《さいきょう》じゃ～ん！」

「ありがとうございます。作戦《さくせん》は二の手《て》、三の手《て》を考《かんが》えるのがベストかなと」

「す、すごい……日葵《ひまり》ちゃんも今日子《きょうこ》ちゃんも、血《ち》も涙《なみだ》もないよ……」

そんなふたりのやりとりに、理久《りく》はぶるぶるとふるえてしまった。

と、礼央《れお》がニコニコとまぶしい笑顔《えがお》で手《て》をあげた。

「僕《ぼく》、次回《じかい》のかくれんぼで顔面《がんめん》ペイントしてくれてもかまわない――ゾ！」

「礼央《れお》、おまえいいヤツだな！」

ガシッと肩《かた》に手《て》をまわした作太郎《さくたろう》に、礼央《れお》は、はっはっは、と笑《わら》いながらいう。

「作太郎《さくたろう》と横《よこ》ならびのおそろいでかくれてもいい。あっ！　そうしたら、僕《ぼく》のスペシャルオーラがまぶしすぎて、作太郎《さくたろう》なんてだれの目《め》にもはいらないかもしれない――ネ！」

「は？　横《よこ》ならび？　お、おそろい……!?」

「う〜ん！　ナイス僕《ぼく》！　それなら作太郎《さくたろう》はきっとぜったい見《み》つからない――ゾ！　いいと思《おも》わないかい？　ふたりならんでかくれんぼ！　ということで三雲《みくも》くん！　つぎは僕《ぼく》と作太郎《さくたろう》の顔《かお》にペイントしてほしい――ナ！」

今回《こんかい》の功労者《こうろうしゃ》でもある礼央《れお》の言葉《ことば》は、やさしいようで結構《けっこう》ひどい。

けれど、おねがいされた三雲《みくも》はさっと絵筆《えふで》をとりだしてしずかにうなずく。

「……つぎこそ、リベンジ」

どうやらやる気満々《きまんまん》のようだ。

「いやいやいやいや、つぎは俺《おれ》ちゃんとした場所《ばしょ》にかくれたいからな!?　そうだ、顔《かお》だしなら理久《りく》でいこうぜ！」

「えっ!?　ボク!?　なんで!?」

急《きゅう》に話題《わだい》をふられておどろく理久《りく》の肩《かた》に腕《うで》をまわして、作太郎《さくたろう》は「だって」とつづける。

「せまいところにみっちりつめられるのはイヤだっていってたじゃん」

「いったけど!?　でも顔《かお》をだしてかくれるのはもっとイヤだよぉ!?」

「まぁまぁ、理久《りく》くん。イヤだと思《おも》っていたことでも、やってみると意外《いがい》とハマることだってあるかもしれませんよ。レッツチャレンジ」

「い、いやだぁぁぁぁ！」

日葵《ひまり》のようしゃのないまとめかたに、理久《りく》が絶叫《ぜっきょう》したそのとき。

火暮《かくれ》のスマホにメールがとどいた。

パッと表情《ひょうじょう》をかえて画面《がめん》を開《ひら》いた火暮《かくれ》が、つぎの瞬間《しゅんかん》にやりと笑《わら》う。

「……あたらしい、挑戦状《ちょうせんじょう》？」

表情《ひょうじょう》で気《き》づいた三雲《みくも》がつぶやく。

火暮《かくれ》は、ふっふっふ、と不気味《ぶきみ》な笑《わら》い声《ごえ》をあげながら、メンバーを見《み》まわした。

「みんな！　今回《こんかい》はじめての学校《がっこう》かくれんぼで、いろいろ課題《かだい》も見《み》つかったと思《おも》う！」

さらに進化《しんか》をとげながら、最高《さいこう》に楽《たの》しいかくれんぼに挑《いど》みつづける。

それが、新日本《しんにほん》かくれんぼ協会小学生支部《きょうかいしょうがくせいしぶ》の目標《もくひょう》だ。

「かくれんぼはみんなを笑顔《えがお》にする、笑顔《えがお》は平和《へいわ》の象徴《しょうちょう》だ！　ひいては、かくれんぼは世《せ》界平和《かいへいわ》につながっている！」

キラキラとかがやく瞳《ひとみ》で、火暮《かくれ》がメンバーひとりひとりの顔《かお》を見《み》つめた。

火暮《かくれ》の瞳《ひとみ》は希望《きぼう》に満《み》ちあふれている。

そんな火暮《かくれ》から、日葵《ひまり》だけが眼鏡《めがね》の奥《おく》でスッと視線《しせん》を下《した》にそらした。

(平和《へいわ》の象徴《しょうちょう》、世界平和《せかいへいわ》につながるかくれんぼ、なんて――)

わずかにうつむきながら、日葵《ひまり》はぽそりと口《くち》を動《うご》かす。

「……表面上《ひょうめんじょう》だけ、ですよ？」

だがその声《こえ》は、小《ちい》さすぎてだれの耳《みみ》にもとどかない。

「そうだろう！　みんな！」

元気《げんき》よくつづける火暮《かくれ》の言葉《ことば》に、日葵《ひまり》はもう一度《いちど》顔《かお》をあげる。

火暮《かくれ》はニカッと白《しろ》い歯《は》を見《み》せて笑《わら》いながら、ぐっと拳《こぶし》をにぎってつきあげた。

「つぎの学校《がっこう》かくれんぼも、俺《おれ》たちが勝《か》つぞ！」

その言葉《ことば》に、日葵《ひまり》も、礼央《れお》も、理久《りく》も、今日子《きょうこ》も、三雲《みくも》も、作太郎《さくたろう》も、しっかりと大《おお》きくうなずいて、

「おおーっ！」

全員《ぜんいん》の拳《こぶし》が高々《たかだか》とつきあげられたのだった。

この本は、テレビ番組『新しいカギ』
（フジテレビ系列にて放送）をもとに小説化されました。

監修

「新しいカギ」番組スタッフ一同

出演者

チョコレートプラネット
霜降り明星
ハナコ

チーフプロデューサー

矢﨑裕明

演出

田中良樹

プロデューサー

上野貴央

ディレクター

杉野幹典　千葉悠矢　梅澤慶光
水主惟弘　楠田健太　林 成美

制作協力

吉本興業

制作著作

フジテレビジョン

集英社みらい文庫

新《あたら》しいカギ
学校《がっこう》かくれんぼ
オリジナルストーリー　小学生《しょうがくせい》のガチバトル！

新《あたら》しいカギ（フジテレビ）原案
小川《おがわ》 彗《すい》 著
みもり 絵

ファンレターのあて先
〒101-8050 東京都千代田区一ツ橋2-5-10 集英社みらい文庫編集部
いただいたお便りは編集部から先生におわたしいたします。

2025年 3月26日　第1刷発行

発行者　今井孝昭
発行所　株式会社 集英社
〒101-8050　東京都千代田区一ツ橋2-5-10
電話　編集部03-3230-6246
読者係03-3230-6080
販売部03-3230-6393（書店専用）
https://miraibunko.jp
装　丁　中島由佳理
協　力　株式会社フジテレビジョン
印　刷　TOPPAN株式会社
製　本　TOPPAN株式会社

★この作品はフィクションです。実在の人物・団体・事件などにはいっさい関係ありません。

ISBN978-4-08-321898-9　C8293　N.D.C.913　190P　18cm
©Ogawa Sui　Mimori　2025　© FUJI TELEVISION　Printed in Japan

定価はカバーに表示してあります。造本には十分注意しておりますが、印刷・製本など製造上の不備がありましたら、お手数ですが小社「読者係」までご連絡ください。古書店、フリマアプリ、オークションサイト等で入手されたものは対応いたしかねますのでご了承ください。なお、本書の一部、あるいは全部を無断で複写（コピー）、複製することは、法律で認められた場合を除き、著作権の侵害となります。また、業者など、読者本人以外による本書のデジタル化は、いかなる場合でも一切認められませんのでご注意ください。

「みらい文庫《ぶんこ》」読者《どくしゃ》のみなさんへ

言葉《ことば》を学《まな》ぶ、感性《かんせい》を磨《みが》く、創造力《そうぞうりょく》を育《はぐく》む……、読書《どくしょ》は「人間力《にんげんりょく》」を高《たか》めるために欠《か》かせません。

たった一枚《いちまい》のページをめくる向《む》こう側《がわ》に、未知《みち》の世界《せかい》、ドキドキのみらいが無限《むげん》に広《ひろ》がっている。

これこそが「本《ほん》」だけが持《も》っているパワーです。

学校《がっこう》の朝《あさ》の読書《どくしょ》に、休《やす》み時間《じかん》に、放課後《ほうかご》に……。いつでも、どこでも、すぐに続《つづ》きを読《よ》みたくなるような、魅力《みりょく》に溢《あふ》れる本《ほん》をたくさん揃《そろ》えていきたい。読書《どくしょ》がくれる、心《こころ》がきらきらしたり胸《むね》がきゅんとする瞬間《しゅんかん》を体験《たいけん》してほしい、楽《たの》しんでほしい。みらいの日本《にほん》、そして世界《せかい》を担《にな》うみなさんが、やがて大人《おとな》になった時《とき》、「読書《どくしょ》の魅力《みりょく》を初《はじ》めて知《し》った本《ほん》」「自分《じぶん》のおこづかいで初《はじ》めて買《か》った一冊《いっさつ》」と思《おも》い出《だ》してくれるような作品《さくひん》を一所懸命《いっしょけんめい》、大切《たいせつ》に創《つく》っていきたい。

そんないっぱいの想《おも》いを込《こ》めながら、作家《さっか》の先生方《せんせいがた》と一緒《いっしょ》に、私《わたし》たちは素敵《すてき》な本作《ほんづく》りを続《つづ》けていきます。「みらい文庫《ぶんこ》」は、無限《むげん》の宇宙《うちゅう》に浮《う》かぶ星《ほし》のように、夢《ゆめ》をたたえ輝《かがや》きながら、次々《つぎつぎ》と新《あたら》しく生《う》まれ続《つづ》けます。

本《ほん》を持《も》つ、その手《て》の中《なか》に、ドキドキするみらい――。

本《ほん》の宇宙《うちゅう》から、自分《じぶん》だけの健《すこ》やかな空想力《くうそうりょく》を育《そだ》て、〝みらいの星《ほし》〟をたくさん見《み》つけてください。

そして、大切《たいせつ》なこと、大切《たいせつ》な人《ひと》をきちんと守《まも》る、強《つよ》くて、やさしい大人《おとな》になってくれることを心《こころ》から願《ねが》っています。

2011年《ねん》 春《はる》

集英社《しゅうえいしゃ》みらい文庫《ぶんこ》編集部《へんしゅうぶ》